現代文學系列4

職場叢林不定雨

慕風 著

博客思出版社

序文

近年來，台灣相對於崛起中的大陸，在經濟發展上陷於一片悲觀的氛圍中。

除了像鴻海集團郭台銘董事長等少數勇於開拓、不畏競爭，敢於征戰海外與國際企業一較高下的勇敢企業主外。大部分坐擁權力與資金的老闆們，都安於法令保護，以及在國內享有的規模和先佔優勢，全然不肯投入資金、延攬人才，去冒險開拓海外更寬廣的市場。

於是，在市場狹小，國民所得未提高的條件下，企業（尤其是上市櫃公司）為了追求獲利不斷提升，一則無法提升員工薪水待遇，二則不斷壓迫員工做更多落伍的銷售工作。要不然就是降低產品與服務品質以榨出盈餘。

其結果就是，廣大的受薪階層薪資凍漲，並且在收入沒有增加的情況下，還要忍受生活中低劣的產品與服務。於是眼看著企業不斷獲利，建商不斷賺錢，房價卻越來越高不可攀。晚進社會的上班族，終至連買房成家的基本人生夢想都難以實現，整個社會陷落哀怨與自暴自棄的無奈感中。

面對著這樣的社會現況，無力改變的上班族，該如何自處？

本文僅想以作者長年身在職場的經歷，將過去所見所聞台灣企業內鬥內行，外鬥外行的光怪陸離現象彙整成本書，提供後進的年輕上班族，對於未來在職場可能遭遇的情況提供參考。同時也讓身處上位的企業經營者，知道自己轄下的員工之間，可能的互動情況。

台灣企業的遲滯不前，不只使得現下的經濟跟全民受害，在先進國家不斷以新科技壟斷市場，中國乃至東南亞等國家奮力追趕的競賽下，如果台灣企業再不面對全世界奮勇向前。隨著網路和平台的快速發展，以及台灣所處的不利國際地位下，我們的落後將不會只是一時。

願辛苦的上班族朋友們，能夠找到善處現境的自處之道。

也願擁有權力的政治人物和企業老闆們，能夠體認到台灣的危機，引領我們走出一條突圍之路。

前言

從一個基層員工的角度，由下而上看台灣企業經營問題

＊＊台灣政府一而再推動的南進政策會成功嗎？

＊＊台灣企業為什麼多只能死守本地市場，不能走向國際呢？

＊＊企業提撥少許資金投資海外，打帶跑期待豐厚收穫，有可能嗎？

＊＊企業負責人要下定多大決心？制定怎樣的政策？才可能走向國際。

＊＊經營海外市場，可以把台灣的制度規範跟管理，原封不動複製到海外嗎？

＊＊經營海外的外國企業因何成功？

＊＊企業主管會如何勸誘員工外派？

＊＊企業主跟專業經理人的思維，有什麼不同？

＊＊擁有權力領導團體的人，凡事都會優先考量團體的利益嗎？

＊＊謹守本分戮力從公的人，都會獲得應得的獎賞嗎？

＊＊ 活著就是為了工作？或者工作只是為了更好的生活？

＊＊ 作為一個領人薪水、看人臉色的上班族，要如何才能安心生活，善處現境？

＊＊ 在面對利益與良知衝突時，不同的選擇會帶來怎樣不同的人生呢？

＊＊ 身在職場人際衝突跟利益糾葛中，有可能心安理得的身處其間嗎？

＊＊ 職場上可能結交到真心的朋友嗎？

＊＊ 一份穩定的薪水讓人安心，但是足夠讓自己面對未來生活所需都安心嗎？

＊＊ 人生是自己的，幸福是自己的。在逆境中默默等待，就會有善心人替自己改善嗎？

＊＊ 上班族除了工作所需的知識外，需要把視野擴大到工作之外嗎？

＊＊ 上班族需要花時間投資，做好財務規劃，提高自己的經濟自由空間嗎？

＊＊ 都會區高昂的房價，會對年輕人跟台灣社會，產生甚麼影響？

目錄

08

09

1 滿懷憧憬的天真青年

一個人堅持的信念越少、越簡單，他就可以活得越單純、越勇敢。

再過一個禮拜就過年了，台北街頭依著節氣，籠罩在一片寒意裡。榮茂穿著向弟弟借來的西裝，低頭走在灑滿陣陣寒風吹來稀疏落葉的人行道上。

殘留著幾片樹葉的行道樹迎風搖曳，冬風凜冽刺骨，路人或包頭覆耳，或拉高衣領擋風。但是榮茂無心留意周圍的冷空氣，他忐忑不安地往家裡走去。

前天他才剛從軍中退伍，就趕著來到這家通知他面試的公司應徵。昨天公司又通知他今天早上來參加第二次面試。

今天早上他依約報到，發現參加面試的人數，已經從上次二十幾人減到剩六個人，令他信心大增。

今天一早第三次面試，他信心滿滿地又接受了幾位主管問話，原以為就可以知道是不是被錄取。不料主管們問完話以後，又叫他回家等通知。他不禁懷疑自己已經被刷掉了。

榮茂家境清寒，家裡可供不起他退伍後整日遊手好閒。

* * *

回到家，家裡沒人。他自己隨便弄了午餐，吃完後躺在沙發上看電視，心中盤算著其他丟出去的履歷表，還有幾家公司可能通知面試。東想西想，不一會兒卻睡著了……

也不知睡了多久，夢中聽到電話鈴響，他在夢裡一陣欣喜，以為真的有別家公司打來通知面試，他趕緊朝電話跑去，一不小心卻被茶几腳絆倒，恍惚之間，他這才從夢中驚醒，還沒來得及失望，就清楚聽到電話真的在響，他連忙從沙發上一躍而起，伸手拿起茶几上的話筒……

「喂……」

「你好！請問江榮茂先生在嗎？」是一個女孩的聲音。

「我是……」

「喔！江先生您好，我們是您早上來面試的藤田公司。」

「是……」

「不好意思，不知道江先生現在有沒有空？我們主管想請您再來公司一趟。」

「啊！有空，有空……」聽到這裡，他才意識到可能被錄取了，整個人從昏沉中甦醒過來。

「那就麻煩您了，待會兒見。」那女孩說道。

「好，好，謝謝妳。」

掛上電話，他連忙繫上領帶，披上西裝外套，又跑到浴室鏡子前整了整頭髮，奪門而出。

* * *

榮茂在會議室裡跟另一位應徵者，和一位中年的面試主管無言相對了半個鐘頭。

會議室裡電話響起，那中年主管接起電話，小心地道：

「嗯！好，好，我們現在上去。」掛上電話以後，那主管對著他們倆說：

「來，我們走。」

兩人跟在他身後，走到外面進了電梯，來到另一個樓層。又穿過辦公室裡上班的人群，最後來到一個房間門口，那主管恭敬地抬起右手，在門上輕敲了兩聲……

「進來！」門內傳來一個洪亮的聲音。

那主管輕輕開了門往內走，一邊回頭向他倆招了招手，榮茂和另一人見狀，怯怯地跟著走進去那房間。

進門後，只見迎門一套沙發組，右邊內側擺著一張大辦公桌，桌子後面坐著一位五十來歲，穿襯衫打領帶，目光銳利甚具威儀，很像日本將軍的中年男人，正面無表情，不怒而威地看著他們。

「總經理，來面試的，這一位是林志強，他是江榮茂。」那主管跟他們一起並排站在辦公桌前，恭敬地介紹著。然後對他們兩說：

「這位是我們曹總經理。」

「總經理好！」兩人聽了異口同聲恭敬地問好。

「好，好，好⋯。」那滿臉威嚴的總經理這才稍露微笑，邊回禮邊看著他手上兩人的履歷表。端詳了一會兒，抬頭看了一眼榮茂，兩眼直視著他，用低沉卻響亮的聲音問道：

「江榮茂，你剛退伍？」

榮茂被他炯炯的眼神看得有點緊張，不過仍強自鎮定地答道：

「是，總經理，前天才剛退伍。」曹總經理聽了點點頭，又低下頭去看履歷，再接著問：

說道：

「林志強，你原來的工作是賣西藥的？」

「是，總經理。」

曹總經理頭也不抬，又翻看了一下履歷，然後說了聲：

「好」就把履歷遞給那主管，主管雙手恭敬收下，對曹總經理說道：

「那我們告退了……」

「嗯！」曹總經理答應，三人一起向他鞠了躬，開門往外走。榮茂眼角瞥見那總經理往後靠坐在椅背上，用他依然銳利的眼神，目送著他們三個人走出去。

到了門外，那主管走到門邊一張辦公桌，把履歷表交給一位看似秘書的中年女性，然後轉頭對林志強道：

「這樣可以了，你先回去，我們會再電話通知。」

「好」林志強依言離開，榮茂不知該走該留，只好站在原地等候指示，看著林志強走出門外，那主管才又對他說：

「你跟我來…」說完便逕自往外走，榮茂趕緊跟了上去，隨著他搭了電梯來到另一樓層，又跟著走進一間會議室內。那主管示意他在會議桌旁一張椅子坐下，然後又出去了一會兒，帶了另外一位女職員進來，笑容滿面地對他說：

「你把資料填一填，過完年初九開始上班……」說著看了牆上月曆一眼，又道：

「二月十六號，記得喔！」榮茂聽了，強忍著內心的興奮點點頭，那主管這時伸出手來，榮茂也趕緊站起來伸手回握。

「歡迎歡迎。」那主管笑臉盈盈熱誠地說。

填完個人資料走出辦公大樓，在回家的路上，榮茂不禁喜形於色地在路上吹起了口哨。

冷蕭的寒風依舊，但他心中卻覺得溫暖踏實。

＊　＊　＊

2 初嘗職場激烈爭鬥

過完年後，懷著忐忑的心情，榮茂來到藤田公司上班。

這是一家代理日本產品的企業，銷售的產品是空壓機，榮茂對公司的產品所知甚少，只知道輪胎行打氣用的機器就是空壓機。在應徵時的企業簡介裡，他依稀記得，這家公司在土城工業區有生產工廠，在台灣的市佔率很高，口碑很好。除此以外，他就一無所知了。

一早報到後，他被最後面試時引他去見總經理的那位和氣主管，帶到三樓辦公室，指著靠在一起的五張辦公桌其中的一張空桌，對他說道：

「這是你的位子，看看有沒有缺什麼？再跟我說。」榮茂看了一眼，桌上有電腦、電話跟一台計算機，那主管接著轉頭對坐在其他桌的人說：

「這是我們的新同事江榮茂，大家要好好照顧他，有什麼不懂的要教他。」榮茂聽了趕緊跟這些前輩們鞠了個躬說道：

「請多多指教。」眾人也紛紛點頭微笑回禮。

接著那主管從自己開始一一介紹，榮茂這時才知道，原來他姓姜，是自己的課長。

因為第一天上班，業務不熟，姜課長拿了幾本公司產品的目錄，叫他要看清背熟。榮茂一邊用心研究，一邊在前輩們講電話的時候代接其他電話：

「藤田您好……」他殷勤地接聽。

可惜幾乎所有客戶問的問題，他都沒辦法回答，只好請對方留電話，再請前輩們回撥。

接近中午時，榮茂發現前輩們都陸續出門了，只剩下他跟姜課長，還有一位丁主任留在座位。不久，姜課長起身朝他走來，一手搭在他肩膀上吩咐道：

「下午你就在辦公室幫忙接電話，有空繼續背目錄。」

「是！」他連忙起身答應，課長說完便走出門去，榮茂又坐下來繼續翻目錄。

中午鐘聲響起，坐在他斜對面的丁主任站起來朝他道：

「走，去吃飯！」

「喔！是……」榮茂忙不迭地答應，趕緊起身拿起外套，跟著丁主任走出辦公室。

＊　＊　＊

中午時分，中山北路上到處是吃午飯的人潮，榮茂跟著丁主任一邊走，一邊恭謹地回答他的提問。不一會兒轉進一條巷子，又走進一家兼賣簡餐的咖啡廳，丁主任進門後向坐在一張桌子後面、一位胖胖戴眼鏡的男子揮手，那男子見了，笑著用手比了比自己對面的空位道：

「坐、坐、坐……」丁主任直接坐下，榮茂跟對方微笑點頭致意後，才拉出椅子坐下。

丁主任這時介紹道：

「這是我們新來的同事江榮茂……」說完又轉頭對榮茂道：

「這是我們老同事羅大哥，他現在安邦人壽當總經理……」那羅大哥聽了白了他一眼，轉頭笑著對榮茂說：

「你別聽他胡扯……」邊說邊從襯衫口袋掏出名片，用雙手遞給榮茂，榮茂趕緊伸出雙手恭敬接過並看了一眼，知道他是保險公司的業務員，才尷尬地說：

「羅大哥，不好意思，我今天剛上班，還沒有名片。」

「沒關係，沒關係……」對方親切地揮著雙手，丁主任在一旁道：

「沒關係啦！你以後常常會看到他，再補給他就好了……」

說完羅大哥叫來服務生點餐，三人點完，丁主任便開始和那羅大哥閒聊起來。榮茂聽不懂他們聊天的內容，只好左顧右盼地看看餐廳的裝飾和其他的客人。

餐點送來後，榮茂跟著一起用餐，這時羅大哥問丁主任：

「老頭子最近沒找你麻煩吧？」

「沒有，老番顛，誰理他？」丁主任一邊吃，一邊不屑地答。

兩人又繼續輪流地批評這「老頭子」榮茂聽了一會兒，才知道他們說的「老頭子」就是姜課長，頓覺尷尬，只好假裝聽不懂，低頭喝自己附餐的飲料。

吃完飯，丁主任結帳，榮茂要付自己的份，丁主任不肯，又對他和羅大哥說：

「走，去打保齡球……。」羅大哥聽了應好便起身，榮茂也跟著站起來，卻為難地說：

「主任，我第一天上班，這樣好嗎？」

「沒關係啦，走啦！」丁主任態度堅決。榮茂立在原地左右為難，這時羅大哥見狀，趕緊幫榮茂緩頰道：

「不好吧！人家才第一天來報到……」丁主任聽了，這才略顯不悅地說：

「好吧！好吧！那你就先回辦公室去幫忙接電話，我們走了。」

榮茂聽了如釋重負，跟他們道了別，就趕緊乖乖地回辦公室去繼續留守。

到了傍晚，前輩們陸續回來，又陸續下班離去，榮茂一直等到姜課長下班前叫他可以走了，才敢收拾桌面離開。

就這樣，榮茂從這一天起，開始了他的職場生涯。

* * *

三月底，春暖花開，來自北方一波波侵襲台灣的冷氣團逐漸緩和，天氣也漸漸回暖了。

工作了一個多月，榮茂感覺生氣勃勃。一則藤田公司在曹總經理帶領下，銷售逐年成長，整個公司顯得鬥志昂揚，因為公司業績成長徵聘新人而進入公司的榮茂，自然也被感染。

再則，因為退伍後就能順利找到工作，並且領了自己生平第一份正職的薪水，不用再讓家裡負擔，也讓榮茂感到能夠獨立自主的驕傲。

但是競爭激烈的職場，還是讓他這個初入社會的新鮮人，感到些許的不安。

上班一個多月以來，他看過幾次辦公室其他業務單位的前輩，為了爭奪客戶而爭吵，甚至吵到坐在角落，職位比姜課長還高的許經理大聲制止，雙方才肯停止。

此外，上班時間久了，他也慢慢認識了辦公室裡其他的同事們。許多人刻意對他這個新人示好拉攏，之後卻經常私底下說其他同事的壞話，這讓他發現看似和諧的辦公室內，人際關係其實暗潮洶湧，因而感到揣揣不安。

上班第一天帶他去吃午飯的丁主任，早上幾乎天天遲到。姜課長為此嘮叨了他幾次，甚至還提醒他坐在角落的許經理已經在問了，丁主任卻依然遲到如故。

一個星期六的早上，丁主任照舊遲到了快二十分鐘，姜課長忍不住責備了他許久。榮茂和其他同事們聽著不敢多言，只能自顧做著自己的事或接聽電話，任由課長繼續指責。

突然間，榮茂看到坐在他斜對面，一直不出聲，卻滿臉怒容的丁主任條地站起，大聲地對著姜課長咆哮：

「你是唸完了沒？」說完隨即拿起桌上的菸灰缸，朝著姜課長擲去……

等到榮茂從錯愕中恢復意識，將視線轉向課長，才發現從他捂著下巴的手指間，不斷地滴下血來。

榮茂站起來不知所措，只見有人護著課長走出門去，許經理走過來大聲喝斥丁主任，課裡的王副課長叫榮茂去茶水間，拿拖把來拖課長走過滴在地上的血……

榮茂在王副課長指示下，拿著拖把拖地時，看著地上一滴滴的鮮血，這才回過神來。邊拖地邊思考著，自己還要不要繼續在這家充斥著對抗跟暴力的公司工作。

這天下午下班後，他不斷在思考著下周一要不要辭職……

＊　＊　＊

到了週一，榮茂並沒有想出結論。

他的家境不好，之前通知面試的其他公司都已經被他辭掉，眼下如果要再重新投遞履歷，又不知道要到何時才能工作賺錢，迫於經濟的壓力，隔週他只好帶著些許的徬徨，又走進公司上班。

幸好之後辦公室很快地又恢復了平靜。許經理把大家召進會議室訓勉一頓，嚴禁辦公室再有暴力事件發生後，辦公室內又恢復到比先前還要安靜和諧的氛圍。

姜課長下巴貼了快一個月的紗布，丁主任也沒再出現在辦公室。聽說他被調去工廠改任生產線的勞力工作，沒多久就自己辭職了。公司又增聘了一位新人遞補丁主任的職缺，榮茂才上班不到兩個月，就多了一位小師弟。

因為小師弟才剛報到，姜課長只好把丁主任的業務轉交給榮茂。突然要接手丁主任留下來的大部分客戶，榮茂被迫要很快熟悉產品跟公司的作業流程，每天都忙得不可開交，但是也因此學會了許多東西，讓他感覺充實。

初生之犢不畏虎，作為一個年輕的新人，榮茂樂於接受挑戰。而在他往後的職場生涯裡，他也都以積極的態度，去面對各種環境不斷變化的挑戰。

原本以為只有輪胎行使用空壓機的榮茂，在日漸熟悉業務後，才知道原來他們的產品應用十分廣泛，從木工、工廠到醫院，幾乎到處都用得到空壓機。而姜課長帶領的這個業務四課，負責的是工廠、醫院等大型建物需要用到的工程規劃、施工和銷售，必需和公司的工程部門同事互相配合，才能滿足客戶的需求。

工程部裡，有一位比榮茂早兩年進公司的工程師游英豪。他長得黝黑精壯，比榮茂稍矮，做事積極充滿幹勁。榮茂依照姜課長的指示去接觸許多客戶，遇到需要規劃設計的工程案件，大多都跟游英豪配合。

英豪除了工程專業以外，溝通能力及口條也很好。榮茂一開始什麼都不懂，英豪除了代替他業務的角色和客戶溝通協調外，也不厭其煩地教了他許多工作上需要的知識，讓榮茂對這位敦厚的前輩充滿了感激。

「我爸爸愛賭博，經常在欠錢……」有一次看完工地一起吃午飯閒聊時，英豪這麼對他說。榮茂這才明白，為什麼他總是看起來憂鬱，又十分投入工作的原因。

因為英豪這麼信任自己，告訴自己他家裡不為人知的私事，榮茂因此也跟他分享了自己父親做生意失敗，家道中落的無奈。兩人自此惺惺相惜，在工作上合作愉快，也成了無話不說的好朋友。

3 霸氣又重人情的傳奇領導人

時間過得很快，一轉眼已經是年底。榮茂進公司十個月，漸漸習慣了日常的工作。年底十二月，是公司業務比較不忙的月份，公司依照往例舉辦了員工旅遊。

懷著既興奮又緊張的心情，這天一早榮茂依著課長指示的時間，來到總公司前面集合。

他到達時公司門口已經聚集了許多同事，有的是他同樓層熟識的，有的是不同單位透過業務往來認識的，有的則是在公司進出時經常見面但並不認識的，更多的是他連看都沒看過的同事。不管認不認識，他都一一微笑點頭道早安。

或許因為出遊心情好，許多平常看起來很嚴肅、年紀較大的主管，這時候也都親切地對他微笑回禮。

他找到了自己單位的同事姜課長和楊知升。

楊知升正在人群中說笑，逗得他周遭的同事笑聲不斷。他是一位幽默風趣又機智的人，對人總是笑臉盈盈喜歡開玩笑，榮茂有事請教他，他也都會熱心指導，中午他偶而會帶榮茂外出午餐。但是除非榮茂主動請教，平常他很少跟榮茂說話，不是熱心主動那一型的人，對人也時露戒心，雖然笑語不斷，但卻不曾聽他說過心裡話，也不輕易讓人親近。

「都是你們這些鄉下人一天到晚烤『韓吉』，韓國人才會跟我們斷交……」

楊知升一邊說，身旁眾人聽了一陣哄笑，榮茂也在一旁邊聽邊笑。

他一邊聽著楊知升說笑，一邊四下張望，很快地在腦中複習其他平常不熟的主管跟同事的姓名跟職稱，深怕旅遊途中叫錯了人不好意思。

談笑間距離出發的時間也近了，這時陸續有五部遊覽車緩緩駛來，停靠在他們集合的總公司路邊。遊覽車還沒停妥，眾人突然安靜了下來，榮茂順著許多人的視線看去，看到曹總經理從人群的末端緩緩地走過來……

「總經理早！」道早聲從尾端此起彼落傳來，曹總也和藹地逐一向大家揮手道早安。

自從面試和他談過話後，榮茂十個月來只偶而在公司見到他，知道他因為一手帶著公司快速成長，十分受到老闆器重，在公司內一言九鼎。尤其他那不怒而威的儀態，讓許多同事心生畏懼。榮茂有時和他迎面相遇問好時，心底總是不免七上八下。

這是榮茂第一次沒見曹總穿西裝打領帶，他穿著一件夾克，配上休閒鞋褲，看起來比平常親切許多。他一路跟同事們招呼，時而開開某人玩笑引發一陣笑聲，等到他在幕僚引導下走上了第一部遊覽車，其他的員工才一一依照排定的座位，陸續上車出發。

這天晚上，他們在南部的旅遊目的地餐廳會餐，連同台中和高雄分公司的同事，以及廠商客戶和公司業務相關的來賓席開十五桌，席間曹總逐桌敬酒。

榮茂很快注意到，一杯濃烈的花雕酒，曹總平均敬三個人喝完，他概算了一下，十五桌一百五十個人，曹總需要喝五十杯，還不包括他回敬別人的。榮茂看過愛喝酒的父親許多酒量好的酒友，沒看過有人能喝這麼多還不醉倒的。正納悶著，沒想到曹總在敬到他們這一桌輪到他時，竟然大聲地叫出他的名字：

「江榮茂，對不對？」榮茂聽了驚惶失措猛點頭，還來不及回神，只見曹總拿著酒杯轉身，指示幕僚替他把酒杯斟滿，接著又回過頭用炯炯的眼神直視著榮茂說：

「歡迎你到我們藤田公司來，總經理敬你一杯……」說完拿起酒杯一仰而盡，被嚇呆的榮茂趕緊跟著拿起酒杯，一口氣把整杯花雕喝完。因為嗆喉，喝完後他聲音沙啞地回道：

「謝謝總經理……」

「要加油喔！」曹總離去前，用力拍拍他的肩膀，用他有神的雙眼盯著榮茂說。

「是！」榮茂不自禁地像電影上看到的日本人一樣，恭敬地彎腰鞠躬答應。

一邊想不透自己跟十幾位同仁一起進公司，十個月沒交談的總經理怎麼會記得自己名字。一邊看著他的幕僚，不斷從大家喝的花雕酒箱裡取酒為他斟酒，微醺的榮茂整夜都在想：

「一個人怎麼可以喝得下這麼多酒？」

* * *

4

辛苦的成家歲月

趕在進公司第一年農曆過年前，榮茂和交往五年多的女友曉琪結婚完成終身大事。

因為沒錢，婚禮一切從簡，訂婚結婚也在同一天辦完。雖然沒有夢想中王子公主的珠寶皇冠和馬車城堡，但是有了一個自己的家，小倆口都非常開心。

成為人夫的榮茂，這時萌生出了一份使命感，他暗自立誓要努力工作，讓自己以後的老婆小孩有房有車，可以遮風避雨。經濟上衣食無虞，不用像他自己和家人一樣，因為父親生意失敗，鎮日提心吊膽、抑鬱委屈地長大。

新婚夫妻齊心協力，利用假期到處比價，買了些簡單的家具，把暫借榮茂父母貸款剛買的新屋，整理的窗明几淨、簡單舒適。小倆口下班之後，在家裡附近吃過晚餐，就回到自己的窩，盡情地談笑嬉鬧，倒也度過了一段甜蜜的時光。

但是婚姻總是這樣，尤其在東方社會，它不單純只是夫妻兩人的事，也涉及了彼此的家人和親友。漸漸地，曉琪和榮茂母親婆媳之間開始有了齟齬……

「做人家媳婦要知道分寸，不要太過分了。」每次媳婦私下跟丈夫抱怨婆婆，榮茂總是不高興地用這樣大男人的口吻教訓她，惹得曉琪滿腹委屈，到處去跟朋友抱怨：

「我老公最愛的，永遠是他媽……」

而當老媽偶而私底下跟兒子抱怨媳婦時，榮茂也是老大不開心地頂撞她：

「現在什麼時代了，妳不要再拿阿嬤那一套來要求媳婦了……」於是又搞得老媽火冒三丈，到處去跟親友抱怨：

「唉！娶了媳婦，就是媳婦的人了……」

就這樣，榮茂夾在母親跟妻子之間，把自己弄得兩邊得罪、裡外不是人。婆媳之間，很長一段時間關係冷淡，讓榮茂十分困擾。

因為年齡相近，同事們在工作之餘，也經常會聚在一起，分享工作、家庭、消費、理財等等想法。有一天中午吃完飯，一群人跑到公司附近晴光市場裡的泡沫紅茶店閒聊。

先是有人抱怨婆媳問題讓人為難，才剛結婚的榮茂也吐露自己的煩惱。一向機智的楊知升在一旁聽了哈哈大笑。有人見了好奇地問他，難道沒有這樣的煩惱，只見他得意地說：

「這要怪你們自己笨啊！」

「要不然你都怎麼處理？」有人不服氣地問。

楊知升傾身向前，一手靠著桌邊促狹地道：

「如果我老婆抱怨我媽，我就會說『老婆，別跟她計較，我媽年紀大了，又沒讀什麼書，想法很古板。妳是有讀書的知識份子，不要跟鄉下老太太一般見識，有機會我會再跟她開導開導。』這樣，我老婆聽了就開心了，也不會再找我麻煩了。」

「哇塞！厲害厲害……」

「這招不錯！」

「太強了！」

眾人紛紛讚嘆，榮茂聽了也十分佩服。不過也有人說：

「這種話我說不出口……」

「那你就只好繼續被他們凌虐囉！」楊知升不屑地回答他。

然後又有人好奇地追問：

「那如果你媽抱怨你老婆，你怎麼說？」

「一樣啊！」楊知升說完把手縮回，交叉著雙手往椅背靠，接著道：

「那我就會說『媽，您別生氣，現在女孩子都不懂事，不像您知道那麼多人情世故，要拜託您慢慢教她，有機會我也會說說她……』」

「然後你媽也不找你麻煩了？」有人問。楊知升兩手一攤大聲說道：

「什麼不找麻煩而已，馬上夾了一支剛滷好的雞腿給我，還說：『你不要說她，省得你們夫妻吵架，我再來好好教她就可以了。』」

啪的一聲，有人忍不住拍掌叫好。

「這招好，這招好，要學起來。」

大家紛紛稱讚，這時楊知升趁機說道：

「教了你們這招絕招，紅茶就讓你們請囉！」

「沒問題！我請。」有人開心地應道。

榮茂聽完茅塞頓開，對楊知升的聰明覺得相當佩服。雖然這樣的話他在家裡也說不出口。不過至少他學會了保持沉默，不再夾在兩個女人的爭執當中火上加油。

＊　＊　＊

結婚隔年夏天，榮茂升格當爸爸了，曉琪生了個女孩。

在醫院產房，護士把孩子抱給榮茂看，榮茂的心情既喜又懼，看著那個跟他關係如此親密的小生命，他顫巍巍地從護士手上接過孩子仔細端詳，心裡想著：

「啊！我的寶貝，我是如此的愛妳，但是我沒有錢，我能給妳安定無憂的生活嗎？」

為了幫女兒取名字，榮茂買了幾本姓名學的書來研讀。

公司有位丁章秀課長，向來對命相學有研究，榮茂趁機向他討教。這之後他又引領榮茂涉獵了紫微、勘輿等五術。榮茂覺得十分有趣，自己在閒暇之餘，買書上網研究了好幾年，也經常用來評判他的同事跟客戶。

不過，他後來漸漸發現，不知道是自己道行不足，還是這些古老的術法不合時宜，理性分析後覺得並不準確。多年之後，便漸漸將那些術書束諸高閣了。

「自己的命運還是要靠自己努力吧！」他此後一直這麼相信。

婚後為了照顧孩子，曉琪辭去了朝九晚五的工作，在市郊房租比較便宜的中和開了一家書局，他們也搬出榮茂父母家，就住在書店後面的一個房間裡。這樣曉琪可以一邊做生意幫忙家計，一方面又可以兼顧孩子。

因為資金有限，從租下店面之後，油漆、水電、裝修，榮茂都利用下班跟假日自己動手整修，終於很克難的讓曉琪的書店開幕了。

雖然只是一家小店，但他們卻取了一個很有雄心的店名——「大聯盟書局」。

此後每天下班跟假日，榮茂都要在店裡，幫忙曉琪做一些搬貨補貨的勞力工作。除了睡覺，他幾乎沒有什麼休息時間。

雖然很累，但是每當他看著自己躺在嬰兒床裡懵懵懂懂的女兒，或哭、或笑、或是熟睡著，一天比一天長大，一天比一天白胖，他就渾身充滿了力量。因為有了可以努力的方向，因而減輕了害怕不能給女兒穩定生活的憂慮，榮茂對未來燃起了希望。

*　*　*

榮茂的主管姜課長，是一個沒有主見的好好先生。不過因為他做事勤快，曹總常常交代他處理一些私事，所以公司裡許多人私底下都戲稱他為「姜公公」。

儘管如此，榮茂卻覺得他是一位很替屬下著想、善體人意的主管。

姜課長聽說榮茂初出社會沒錢，還要幫老婆做生意。於是每天下午六點下班時間一到，他都會體貼地敦促榮茂說：

「小江，你不是家裡還有事嗎？沒事就先下班吧！」

榮茂常常看到姜課長被坐在牆角的許經理責罵，可是他不像其他爭功諉過的主管，習慣將過錯推給部屬。姜課長總是低頭默默地獨自承受，讓榮茂覺得他是一位有擔當的主管。

課裡的王副課長是位出了名的不沾鍋，跟楊知升一樣，他從不表露自己的想法，一副笑臉盈盈、與人為善的模樣。他偶而會叫榮茂幫他辦理一些他個人的私事，但總是十分小心，非常謹慎地，暗示榮茂不可以讓人知道。不管同事或客戶要跟王副課長確認他的意向，他總是會說：

「這不是我的意思，這是上面交代的喔……」或是

「這是你自己說的，可不是我說的喔……」

他最常說的一句話是：

「這我不知道喔，你要去問……」

5 利益與原則的考驗

跟公司裡許多世故的同事相比，榮茂是一個相對正直、堅守原則的員工。

有一次他接到一通電話，來電的是一家汽車廠，要買許多空壓機，但是他們同時也需要有人幫他們施工安裝設備。因為時間很緊迫，對方特別交代不要透過公司的工程單位處理，要求榮茂介紹外面機動性比較高的施工廠商，榮茂於是打電話給一位長期跟他買空壓機的經銷商王老板，請他跟客戶聯絡。

月底榮茂帶著帳單去王老闆店裡，跟老闆娘兼會計對帳。對完帳後，老闆娘拿出一疊裝在信封裡的現金給他，笑著對他說：

「這五萬塊是給你的。」

榮茂看著信封，不解地問：

「為什麼？」

老闆娘聽了，微笑的臉忽然僵住了，她靠近榮茂耳邊，壓低音量小聲地說：

「就上次你介紹的那家汽車廠，老闆說我們有賺一點，這是謝謝你的……」

榮茂聽了恍然大悟，他進公司之後，時而聽過業界有這樣給回扣的事，但這還是自己第一次遇到。

五萬塊！幾乎是他兩個月的薪水，他缺錢，很是心動。不過這些念頭大概只在他腦中閃過一秒鐘。他便立刻很堅決地把桌上的信封推回給老闆娘說：

「大姐，這錢我不能拿。」

老闆娘一聽急了，她連忙又把錢往前推，說：

「沒關係啦！我們有賺，大家都有拿啊！」

榮茂聽了不為所動地說：

「大姐，別人有拿是他的事，你們做生意要賺錢，我當業務需要業績，如果妳覺得這次利潤不錯，那就請你們好好的幫這家汽車廠服務，如果他們覺得滿意，以後還會繼續買我的空壓機，那妳繼續賺錢，我也一直有業績，這樣不是很好嗎？」

「可是……」老闆娘還要勸他，榮茂伸手制止，說：

「好啦！大姐，謝謝妳啦！我不會收啦，我還有很多地方要跑，我先走了……」

說完一溜煙走出店門，還聽到老闆娘在他背後大聲地嚷著：

「怎麼會有這種傻瓜啦……」

出了店門走到街上，榮茂輕吁了一口氣，感覺如釋重負。

「我一定要讓我的女兒知道她的爸爸是值得尊敬的。」他心裡這麼想著。

有了第一次經驗，也在心中整理好了自己的原則，以後榮茂再遇到這樣的狀況，就比較容易應付了。

而也因為如此，在榮茂往後的職場生涯中，不管得意失意，他一直覺得問心無愧。而許多客戶，也因此對他十分信任，成了他公事私事上配合愉快的夥伴，對他日後的工作，給予很大的幫助。

在往後的職場生涯裡，面對不斷變動的外在環境，榮茂一直在迷惑跟不知所措中，努力地探索自己內心的想望，逐步地建立起一套堅持做自己的立身處世之道。

*　*　*

幸好曉琪店裡生意不錯，兩個人的收入，讓他們很快存夠了可以買房的頭期款。他們在書店附近巷子裡，買了一間一樓的公寓，把書店搬到這裡，一樣在後面留了一間臥室睡覺。雖然生活空間狹窄，但是不用付房租，只要按月清償買房的銀行房貸。房貸付清了，房子就是自己的，讓他們覺得很踏實。

有了屬於自己的房子，榮茂工作起來，也更加有幹勁了。尤其每天回家時，看到老愛對著他笑的女兒，想到跟老婆終於給了她一個屬於自己的家，在她出生時榮茂對於經濟的擔憂，也就因此逐漸消退了。

儘管如此，從小到大還沒有向人借過這麼大一筆錢的榮茂，在買了房子以後，還是做了幾次惡夢，夢到自己因為繳不出房貸，房子被銀行拍賣，他跟老婆帶著女兒流落街頭，嚇得他在半夜裡驚醒。

* * *

6 初識複雜裙帶關係

進入公司第三年，姜課長跟王副課長被調到別的部門，換來了一位比姜課長高大精明的詹信良課長，還有一位個性溫和耿直的曾副課長。

「你要小心一點，詹課長的脾氣是出了名的火爆。」同樓層的同事們紛紛警告他。

詹課長說話聲音低沉宏亮，大概是刻意效法曹總，眼鏡後面的一雙眼睛總是睜得圓亮。頗令人畏懼。不過一開始就任後，他並不太干涉大家的工作，說話也算和藹。

榮茂的業績向來不差，所以也並不特別懼怕他。他到任後，大部分時間都在討好坐在辦公室角落，另一間小辦公室裡的高恩厚副總經理，榮茂時常看到他在小辦公室裡，陪高副總聊天說笑。

詹課長偶而會叫榮茂去替他跑腿辦私事。

有一次，他叫榮茂去一家新開的外國冰淇淋店幫他買冰淇淋，讓他帶回去給他寵愛的獨生女吃，同時也拿了兩千塊錢給榮茂，吩咐他記得拿發票回來報公帳。榮茂收了錢心裡想著：

「兩千塊錢可以買一桶了吧！待會兒我騎機車要怎麼載？」

來到了店門口，他看到很多人排隊，只好跟著排。邊排邊看頭上的招牌，只記得品牌是H什麼D的，名字很難唸，他從來沒聽過，也就沒有特別在意。只是好奇這麼多人排隊，到底有多好吃？

等拿到冰淇淋時，他著實嚇了一跳，兩盒小小盒的冰淇淋，店員收了他一千兩百塊……

就這樣，因為常替課長跑腿，課長待他還算和善。雖然後來又不斷有人跟他說詹課長多難相處，甚至有人說：「只要跟過像他這樣的主管，以後不論你的主管是誰，你都會覺得很輕鬆。」但榮茂跟新來的主管，卻一直相安無事。雖然他偶而還是會懷念起為人寬厚的姜課長。

到了年底，才來不到三年的小師弟辭職了，課裡新聘了一位新人小曹，他是曹總的侄子。待人雖然客氣有禮，但是談話間難掩心高氣傲。

人家是公司一言九鼎的曹總親戚，雖然驕傲，毫無背景的榮茂倒也覺得理所當然，並無任何忌妒之意，只當他是小老弟熱心教導，和他也相處愉快。

曹總為了照顧自己的侄兒，把一家銷售額龐大的連鎖通路客戶，從別的單位轉到榮茂他們課裡，讓小曹擔當，舒緩了詹課長全課的業績壓力，但卻也引起了公司裡許多的抱怨非議。許多人因此對小曹更無好感。

* * *

在公司地位崇隆，甚至連董事會都對他敬重三分的曹總，雖然說是憑藉著出色的開拓和策略能力，帶領公司開疆拓土不斷成長，但是他私底下的一些作為，卻也頗富爭議。

眾所周知的，公司裡有兩家較大的通路商，都是曹總的親戚，總是能用比較便宜的價格向公司進貨，獲取比其他通路更高的利潤，他們經常仗勢欺人、頤指氣使，藤田公司上上下下，沒有人敢得罪他們。

工廠送貨的貨運行當中，有一家貨運行的老闆也是曹總的親戚。雖然送貨的運費都一樣，但是在三家配合送貨的貨運行裡，他的送貨量就超過全公司的一半，賺了很多錢。有時候送貨延誤或是跟客戶爭執衝突，榮茂他們這些業務員們，只要知道送貨的是曹總的這位親戚，就只能自己跟客戶道歉賠罪，不敢向工廠倉庫追究送貨的貨運行責任。

這一年，隔壁課又來了一位年輕的新同事廖仕浩，他是曹總兒子的國中同學。熱愛戶外活動、反應機敏，剛從知名大學畢業。跟其他曹總親友不同的是，他雖然有曹總的背景，但是除非榮茂問起，他不太愛提自己與曹總的關係，只是專心地埋首於自己份內的工作，不愛濫用特權。

榮茂和他很談得來，兩個人假日偶而會相約一起從事戶外活動。

＊　＊　＊

公司三四百名員工中，據榮茂所知，至少就有二三十位都是曹總的親友。因為榮茂資淺，並不清楚還有多少員工也跟曹總有關係。

負責公司團保的保險公司業務主管，是一位風姿綽約、打扮時尚的中年美女劉經理。榮茂剛進公司不久，就聽說他是曹總的情婦。雖然偶而在公司遇見她，她總是笑臉盈盈、和藹可親，但榮茂還是表現得畢恭畢敬，不敢跟她任意閒談玩笑。劉經理也有弟弟妹妹在公司任職。

曹總是典型的一人得道，雞犬升天。

而他的風流韻事不止於此。

榮茂的前主管姜課長，是曹總的馬前卒，專為他處理一些見不得光的私事，而當時在姜課長手下的榮茂，經常要為這些私人事務去替課長跑腿。

公司常去聚餐的一家川菜館裡，有一位也是美貌動人的中年美女梁經理。大家也都知道她是曹總的紅粉知己。

有一天早上，榮茂外出經過川菜館時，發現川菜館已經結束營業正在拆除裝潢。

當天下午他一回到公司，姜課長就慌慌張張的叫榮茂跟著他出門，要榮茂騎機車載他，到附近他們公司聚餐比較少去的一家台菜餐廳。

「哇！姜課長，好久不見……」餐廳老板一見姜課長進門，便滿面笑容地對他說。

「你以後可能會常常看到我了。」課長笑容詭異地道。接著趨前在老板耳邊說了些悄悄話，只見原本一臉狐疑的老闆，聽著聽著眉開眼笑了起來，直說：

「沒問題，沒問題……」

隔天梁經理就來到這家台菜餐廳上班，而當天晚上曹總就在那裏訂了六桌，邀宴所有業務員和重要客戶捧場。之後公司聚餐，也就理所當然地幾乎就都在這家台菜餐廳了。

還有一次，榮茂早上約了工程部的小彭，要去一家客戶工廠看工地。要出門了，小彭才告訴他，臨時要先去一個重要的工地，請他先打電話，告訴客戶會晚一點到。

之後小彭開著公務車，神秘兮兮地載著榮茂出門，榮茂問他要去哪裡？他只說：

「等一下你就知道了」

車開到仁愛路，轉進一幢高級住宅大樓的地下停車場，小彭停好車。榮茂又好奇地問：

「這是哪裡？」

「曹總他家。」榮茂一聽頓時明白，不敢再多問。

兩人上去按了電鈴，一位看似幫傭的老婦人開了門。進了門內，一眼望去是寬廣豪華的客廳。小彭熟門熟路地引著榮茂走進一旁走道邊的廁所，裡面已經有一位榮茂認識的公司包商在馬桶邊沖水測試。

「可以嗎？」小彭見了問他。

「沒問題了，還好只是上面的管路被衛生紙堵住了。」那包商一邊試水一邊回道。

在離開曹總家往工地的路上，榮茂問小彭：

「你連曹總家馬桶都要負責喔？」小彭邊打方向盤，邊轉過頭看了榮茂一眼道：

「他家連報紙都是公司出錢訂的呢。」

有一陣子榮茂在讀《曹操傳》，讀著讀著，榮茂不禁想起了曹總：

「難怪他也姓曹，一定是曹操的後代。」

不僅如此，因為他讓公司持續賺錢，受到董事會股東重視。曹總在強勢爭取自己利益的同時，他也不忘幫員工爭取比較高的薪水與福利。藤田公司的薪資，在業界名列前茅。這也是曹總在公司員工間能夠服眾，受人擁戴的主要原因。

7

首次面臨轉換職場抉擇

這一年年底員工旅遊時，榮茂面臨了一個抉擇。

英豪在旅途中告訴他，他想要辭職自行創業，出去開設專門幫人設計安裝空壓設備的工程公司，邀請榮茂跟他一起合夥，他對榮茂這麼說：

「只要我們能拿到幾家我們認識的大客戶的生意，一年隨便賺也比現在薪水多。」

「可是我除了懂一些設備跟買賣收錢，技術方面我知道的很少……」榮茂遲疑道。

「這無所謂，你只要負責應付客戶跟聯繫協調，後面的設計跟技術都由我負責。」英豪誠懇地說。見榮茂猶豫，他又接著說：「放心啦！這兩年我看你跟客戶接洽，都沒有什麼問題，而且你信用很好，很多客戶都很相信你」

聽他這樣鼓勵，榮茂有點心動。但是因為才剛買房子付房貸，換工作茲事體大，他告訴英豪要回家跟老婆商量一下。英豪說應該的，希望榮茂在農曆過年前能答覆他。

員工旅遊一回到家，榮茂立刻把這件事告訴曉琪。

曉琪的爸爸早年在美商公司上班，薪水很高，賺了很多錢。後來辭職自己做生意，賠了不少錢，讓她從小時候的富裕生活，到結婚前娘家平淡度日，對做生意感到畏懼。再加上榮茂自己的父親也一樣，因為做生意，賠光了祖父留下的偌大家產。

此外，榮茂在英豪邀約他時也想到，向銀行借了那麼大一筆房貸，現在以他的薪水跟曉琪店裡的收入，足以穩定支付還有餘錢可存，萬一他做生意收入不穩，全家又將陷入財務失衡的恐慌中。

左思右想，夫妻倆很快達成了共識，決定拒絕英豪的邀請。

過完年英豪依計畫辭職出去創業了，榮茂在公司裡少了一個無話不說的好朋友。

不知道是巧合還是有意，英豪的新公司，就開在榮茂家附近。因此榮茂只要休假有空，就常常去他公司關心探望，偶而英豪忙不過來，他也幫忙接電話傳真。

榮茂在公司接到需要安裝設計的客戶詢問時，只要是英豪的小公司可以承接的，他也都介紹給英豪。好幾次英豪完工賺了錢，要給榮茂介紹傭金，榮茂都婉拒說：

「你剛創業，多存一點資本吧！等你變大公司了，我萬一失業還要靠你……」

英豪聽了很感動，兩人繼續維持著無話不說的友誼。

英豪原本在公司上班就很賣力，出去自己創業後他更加投入，公司因此成長得很快。

隨著薪水增加和曉琪書店常客增多，小家庭的經濟逐漸在穩定中成長。假日他們比較有閒暇帶女兒出去逛街散心，或是回雙方父母家跟家人聚餐團聚。

偶而年齡相仿的同事，也會互邀家庭聚會，帶著太太小孩，或是到彼此家裡互訪，或是一起到郊外遊玩踏青。年輕人一起玩鬧取樂，尤其如果有像楊知升這些幽默風趣的同事參與，更是笑聲不斷。是榮茂職場上難得的一段安定單純的歲月。

* * *

到任時間長了，詹課長開始顯露出同事間傳聞的本性。

他在公司說話越來越大聲、越來越嚴厲。課內同事們早上在公司，總是盡快完成必須在辦公室處理的文書作業，然後早早離開辦公室出去拜訪客戶。

業績穩定的榮茂並不特別懼怕他，比較讓他困擾的是，詹課長不是只在公司裡姿態高傲，他對客戶也是如此，經常有客戶向他抱怨：

「你們那位課長很兇耶……」

「早上打電話去你們公司問貨源，被你們詹課長訓了一頓……」

「我們畢竟是你們的客戶，講話可以客氣一點吧？」

每逢客戶這樣抱怨，榮茂就要花很多時間跟精神，為自己的課長賠罪打圓場。

據說詹課長他們這一階層的前輩，進入公司不久，就因為曹總的帶領，加上台灣經濟快速成長，他們只在第一線跑過三年的業務，就都被擢升為主管，十分以公司的成就和自己的地位為傲。

尤其這幾年公司市佔率傲視同業，他們的薪資也跟著水漲船高，多以睥睨群雄的姿態，看待其他同業和客戶。

有一次榮茂陪同課長去拜訪自己的一位客戶。進門後對方客氣地在自己辦公室備好茶水請課長坐。詹課長面容嚴肅、一副高階長官蒞臨視察的姿態，大喇喇地在老闆對面沙發坐了下來，翹起了二郎腿。

聊沒幾句，課長聽對方口音，問他：

「你哪裡人？」

「湖南。」那老闆回答。

「湖南人，湖南騾子？」榮茂見老闆臉色下沉，心中大呼不妙，不料課長竟還接著說：

「聽說你們湖南人很拗，很難溝通。」那老闆聽了沉默不語，一臉不悅。

榮茂原以為課長會接著說些玩笑話打圓場，然而在大家一陣無語後，見氣氛有異，他居然就起身告辭，再無後話。

後來榮茂再去這家客戶店裡洽公，遇到老闆，那老闆委婉地抱怨道：

「以後你們課長如果公務繁忙，就不要再勞駕他來我們這家小店浪費時間了……」

聽得榮茂有苦難言，無言以對。

總是一臉威儀的詹課長，只有在高副總的面前會展現笑容，自從發生丁主任拿菸灰缸砸傷姜課長的事件後，曹總下令辦公室禁菸，不准放菸灰缸。於是愛抽菸的高副總，只好不時地走出自己的辦公室，到外面的陽台抽菸。
每當副總從辦公室走出來，眼尖的詹課長總是會看得到，立刻放下手中的工作，動作迅速地搶在副總前面，堆滿笑容替副總打開通往陽台的門，抓緊機會陪他在外面談天說笑。
因為職位落差大，榮茂不曾在公務上跟高副總有過接觸。只聽公司資深的同事說，看起來總是和藹可親、笑容滿面的高副總，其實是一位工於心計的老狐狸。
進公司三年，榮茂業績不差，升級主任。

＊　＊　＊

8 勤懇踏實表現突出

隔年，曹總的姪子小曹辭職另謀高就，跳槽到別家科技公司。

如果再把小曹負責的大客戶轉回原來的單位，恐怕就坐實了曹總專為他調動客戶的事實，在課長透過高副總向曹總私下請示後，曹總批示這家大客戶仍然留在詹課長課內，課長於是指示榮茂接手擔當。

這家叫做「優明」的通路商，在各地有五，六十家專賣五金跟電動工具的門市，每年銷售的空壓機數量龐大，是藤田公司最大的經銷商。

榮茂戰戰兢兢的接下這家大客戶的業務，他去拜訪他們總公司老闆跟相關的採購人員後，又立刻馬不停蹄地拜訪各家門市，和與他對口的銷售人員認識，很快地就跟優明公司上上下下聯絡順暢，業務運作良好。

但是接手後不久，他就發現優明因為販賣的商品很多，他們公司的銷售人員，並沒有很深入地認識藤田熱銷的十幾種產品，所以幾乎客人每問一次，銷售人員就要打電話來跟榮茂確認電源、風壓、尺寸等各種規格。

即使榮茂為他們另外製作了簡單的對照表，並且發送到各門市，但是他們也因為沒有時間預先閱讀而懶得查詢，仍舊習慣每當有客人詢問時，就直接打電話問榮茂，讓榮茂應接不暇。

更糟糕的是，即使這樣，他們還是常常訂錯貨，使得榮茂必須經常退換貨。這讓他想起，難怪以前小曹經常長時間待在公司裡，處理一大堆退換貨文件。

趁著有一次去優明總公司，他們老闆劉總經理正好有空，喚榮茂進他辦公室閒聊，榮茂趁機提出了教育訓練的要求：

「劉總，我想找個時間，幫你們門市銷售人員上個課，介紹一下我們的空壓機。」

「為什麼？我們賣藤田產品很多年了，他們應該很熟了吧？」劉總不解地問。

「很熟才怪……」負責管帳的老闆娘陳經理，正好拿著帳單走進劉總辦公室，聽到劉總的話抱怨道：「很熟我會每個月有這麼多藤田退換貨的帳要對……」

「怎麼會這樣？太不用心了吧！」劉總聽了面有慍色。

「總經理，不能怪他們啦，你們公司賣的商品沒有兩千種也有一千種，要叫所有門市銷售人員每樣產品都熟，很困難吧？」榮茂趕緊打圓場。

這些在門市的銷售人員，都是榮茂最重要的業績來源，萬一讓他們誤會榮茂向他們老闆打小報告指責他們不用心，惹火他們被他們聯合抵制，對榮茂的業績會影響很大。

「別的東西不熟就算了，一支螺絲起子才多少錢？可是空壓機跟電鑽這些單價那麼高，搞不清楚怎麼賣？」劉總看起來仍不諒解。

「算熟的了啦！如果不熟，退換貨恐怕是現在的三倍」榮茂仍然努力捍衛銷售人員。

「好吧！」劉總聽完對榮茂說：「下星期一早上門市人員回來開業務會議，你就花個一個鐘頭幫他們上個課。」說完又對站在一旁的老闆娘說：

「陳經理，妳叫他們星期一留一小時給小江上課。」老闆娘聽了轉頭哀怨地看著榮茂說：

「希望上完課退換貨可以少一點，小姐我老花越來越嚴重囉……」

在隔週幫優明的銷售人員上過課熟悉產品以後，不僅打電話來跟榮茂確認規格的電話大幅減少，退換貨的件數也幾乎不再發生，而且因為銷售人員面對客戶都能清楚明確地介紹產品，優明販賣藤田產品的數量也明顯大幅成長。

榮茂在他閱讀的銷售書籍中看過這樣一句話：「業績要好沒有捷徑，就是要肯比別人多用一點心，多做一點事。」身為在第一線銷售的業務人員，個性篤實的榮茂，對這句話深信不疑。

詹課長在發現這些明顯的變化後，詢問榮茂原因。在知道榮茂用心編製教材幫優明的銷售人員上課熟悉產品，才帶來銷售的成長並且降低退換貨的成本後，詹課長在內部業務會議中，公開對榮茂大大地讚揚了一番。

隔月去優明對帳時，老闆娘陳經理也當面向老闆劉總轉述銷售成長跟退換貨明顯減少的數字。劉總聽了，開心地拍拍榮茂肩膀稱讚了一番。之後還在聚餐時跟曹總提起了這件事。

曹總為此，叫詹課長帶榮茂去他辦公室，特別對榮茂嘉勉了一番，讓榮茂在公司的業務單位裡，一夕之間聲名大噪。

在發現強化銷售人員對產品的認識，可以對業績有這麼大的助益之後，榮茂沿用這樣的做法，向其他的客戶要求為員工做教育訓練。

這一年底，榮茂的業績大幅成長，躍升為全藤田公司業務人員銷售第一名。

＊　＊　＊

年底員工旅遊前兩個月，向來表情嚴肅的詹課長，突然變得春風得意了起來，臉上經常掛著笑容，讓大家覺得疑惑。後來榮茂聽楊知升說起，才知道原來是高副總親口告訴詹課長，年底將會提報他晉升副理。

人逢喜事精神爽。課長不但對大家和顏悅色，還經常大方地帶著全課同仁，花費他一向管制嚴格，不許手下任意花用的交際費，帶著大家去美食餐廳聚餐，讓全課都感到受寵若驚。

幾乎全公司的同事，包括其他單位跟詹課長資歷相近的主管，都對他以高姿態對待客戶不以為然。而因為榮茂業績表現好，又經常無怨無尤地幫他跑腿辦些私事，課長對榮茂算是比較愛護，經常私底下對他耳提面命，教導他一些「秘訣」：

「客戶不能寵，你一寵他，他就飛上天，把你當狗……」

「我們是大品牌，不需要讓客戶予取予求。」

「很多客戶就是賤，你越對他不好，他就越是聽你話……」

「那些小家的、沒錢的客戶，不要也罷。」

凡此總總，對於初出社會不久，滿懷服務熱忱的榮茂來說，都是驚世駭俗的說法。更與他進公司後，其他主管跟同事教導他，和曹總刻意形塑出來的企業文化完全不同。

就在去年，藤田公司一樓的展示間發生了一件事……

當天早上有客戶進來參觀他們的空壓機產品，待了很長的時間詢問各種產品的細節。

因為早上是業務單位最忙、電話最多的時候。據說接待的同事，見來參觀的客戶問個沒完，一邊看著自己桌上不斷響起、同事不斷代接留言的電話越積越多，一邊滿臉不悅、不甘不願地回答客戶的提問，態度明顯不耐煩。

這樣的情形，不巧被帶著廣告商要到展示間討論廣告內容的曹總遠遠看在眼裡。他不動聲色帶著廣告商退回自己辦公室，並交代身旁的業務助理小妹，等客人離開後打電話通知他。

客戶一離開，小妹趕緊打電話報告總經理。原以為他要帶廣告商來討論展示間布置。不料卻只見他獨自一人走回展示間旁的辦公室，鐵青著臉把一位經理叫到面前，指著剛才接待客戶的業務員厲聲問道：

「幫客戶介紹產品很辛苦嗎？」

不明就裡的業務員見曹總衝著他問，瞬時臉色慘白地站起身來，細聲囁囁地答道：

「不會……」

「那為什麼介紹得不甘不願？」曹總追問著。業務員被問得渾身顫抖，不知如何回答。在一旁的經理試圖打圓場：

「報告總經理，可能早上比較忙……」

「什麼叫做比較忙？客人都親自到公司來看產品了，人家這麼有誠意，可以這樣疏忽人家嗎？我們藤田公司很大牌，很了不起是吧？」被曹總一罵，那經理也無言了。

「想想看你們薪水從哪裡來？搞清楚這些客戶都是我們的衣食父母。」曹總在走回自己辦公室前，又忿忿地轉頭，對著全辦公室的人訓誡道。

為了平息總經理的怒氣，隔天那位業務員就被降調到倉庫去。這件事也迅速傳遍全公司。從此公司上下不僅對待來訪的客戶，就連跟客戶電話連絡，都變得謹慎客氣起來……

曹總傳遞的這種以客為尊的精神，跟詹課長一直對榮茂灌輸的觀念南轅北轍，完全背道而馳。榮茂雖然每次都耐心聆聽，但是心裡實在難以接受。

大概是看出了榮茂對自己的教誨不以為然，一心想要好好教化他的詹課長，在榮茂業績傲人，他自己也升遷在即的當頭，有一天上午，突然把榮茂叫進會議室，跟他說了這樣的話：

「小江，我知道你很努力、很誠懇，客戶都很欣賞你，業績也很好。」課長說著圓睜著兩眼直視著他道：「可是我要告訴你，一萬個人說你好都沒用，只有那個打你考績，有權力提報你升遷的人說你好，才有用！」

榮茂聽了，知道他是在暗指他對高副總的用心，也暗示榮茂要效法他對自己忠誠。

聽完走出會議室，榮茂望著課長的背影，心裡想著：

「我寧願讓你一個人不滿意，也不要去得罪其他一萬個人。」

年底公布新人事，詹課長沒有獲得晉升。

那天一早原本談笑風生的他，在人事命令公布後，臉色立刻轉為陰沉鐵青。課裡的同事見了都趕緊草草結束手邊工作，離開辦公室外出，深怕被無端遷怒。

課長之後連請三天假以示不滿。後來榮茂聽其他同事說，課長的升遷提報就是被曹總親自擋下的。

事後，榮茂私下詢問財務部熟識的同事：

「課長跟副理薪水差多少錢啊？」

「一千塊」，對方不假思索地回答。

「才差一千塊？」榮茂聽了十分詫異。那同事見了又道：

「話不能這樣說啊，上班的人，時時刻刻都要為了每一小步用心計較，沒升副理，怎麼有機會升經理、協理、總經理？」

榮茂聽了，深深覺得上班的人實在是卑微可憐。

從這時候開始，榮茂先是因為受到身邊的同學跟客戶影響，跟著研究買賣股票。慢慢地，因為股票市場牽涉的國際經濟政治變動，他也開始買書讀報，學習經濟跟商業相關的知識。之後由此衍生，又讀了許多跟商業行銷和財務金融這些與他工作有關的書籍。

就這樣，榮茂在自己本業以外，勤於吸收新知，另外為自己開闢了一份收入，也開拓出了一個比起一般局限於自己工作的上班族，視野更寬廣的機會。

9 故步自封的領導人

憑藉著不斷的努力，榮茂夫妻逐漸累積財富。這一年，曉琪又懷了第二胎。因為即將變成四口之家，全家擠在書店後面的小房間不是辦法，他們評估存款跟每月結餘後，決定買下書店附近另一間房子當住家。

而就在這個時候，一直不斷成長的藤田公司，卻開始出現了銷售上的隱憂。

隨著國內電子業不斷蓬勃發展，傳統的機器設備已經不能符合市場的需求，台灣的電子產業成長快速，不斷建廠擴充。而全世界對於環保節能要求日益殷切的趨勢，也迫使設備廠商不斷研究開發更先進、更環保的產品。

在藤田仍以銷售傳統產品持續成長的這兩年，市場已經緩緩發生了變化。許多競爭對手紛紛引進比較先進，價格也比較貴的產品。雖然藤田的銷售額仍然逐年成長，但是許多對手成長的幅度卻遠高於藤田，整體市場的需求成長顯而易見，這意味著藤田的市佔率在下滑。

從通路經銷商到所有業務員和主管，都很清楚地看到這樣的趨勢。

和曹總熟識的大客戶，紛紛建議他要引進新產品來銷售，公司許多主管也在業務會議中，陸續向曹總建言。但是，聽說曹總一概都是這樣回答：

「價格這麼貴，誰會買？」

「電子廠會一直蓋嗎？萬一哪天不蓋了，怎麼辦？」

就這樣，藤田一路看著其他品牌邁開大步越賣越多，員工卻只能望客興嘆。

作為第一線的業務員，榮茂和其他同事感受最深，他們在客戶店裡看到越來越多的對手產品，也不斷地承受客戶的抱怨或奚落，但卻都束手無策。

後來榮茂陸續從同事主管的談話中知道，藤田這幾年來營業額跟獲利都穩定成長，這使得曹總在面對老闆跟董事會時，一直都能理直氣壯地爭取他自己的薪資跟分紅。

一旦決定引進新產品，藤田公司雖說是代理商，但是實際上多數產品，都是由日本公司授權及技術支援在台灣生產。如果要開發新產品，就得大量投資在新的生產設備上，這樣勢必侵蝕到往後連續幾年的獲利。

而曹總再過兩年就要退休了，引進新產品提升銷售額和市占率的成果他享受不到，卻可能因為新的投資減少獲利，而影響到他這兩年的紅利跟退休金。

這是榮茂第一次理解到，原來即使貴為一家企業的總經理，但是專業經理人的思維，跟經營企業的老闆想法還是不一樣。當老闆的想的是如何讓自己的公司不斷壯大，企業經理人想的，卻是如何在公司維持自己的既得利益，進而獲取最大利益。

就這樣，藤田公司一路挨打的情況，一直持續到兩年後曹總退休。而這兩年，也讓榮茂在工作上，第一次感到無力。

＊　＊　＊

春節假期過後不久，有一天早上，詹課長在曹總要求全公司主管出動，外出拜訪客戶的命令下，跟著榮茂離開辦公室，出去拜訪經銷商。

他們在等電梯時，電梯門一開，裡面走出一位身材魁武、年紀跟課長相當的男子。對方跟詹課長乍見面，榮茂見他們彼此都愣了一下，接著又同時堆起笑容。

「歐副理，稀客稀客，怎麼有空來？」詹課長皮笑肉不笑地問。

「哈哈……，詹課長，好久不見了，我來跟總經理開會，順便跟副總打個招呼，要出去啊？」對方也客氣地問候，聲音跟外貌一樣洪亮。說完看了一旁的榮茂一眼。課長連忙跟他介紹說：

「這是我們課裡的江榮茂」

「喔！你就是江榮茂，久仰久仰，業績不錯喔！」不等課長介紹完，對方就伸出右手熱情地道。榮茂聽課長稱呼他，猜想他就是業績經常奪冠的台中分公司主管歐思捷副理，便趕緊伸出手回握對方。果然課長接著就介紹說：

「這位是我們公司的超級戰將，台中分公司歐思捷歐副理，聽過吧？」榮茂聽了，一邊握著歐副理粗厚的手，一邊彎下腰去恭敬地道：

「副理，久仰久仰……」雙方寒暄完畢，兩位主管再無話說，詹課長於是說：

「我們跟經銷商有約，先走了」對方也體貼地說：

「快去快去，老板最近很重視的……」

雙方揮手道別，榮茂跟著課長進電梯。電梯門才關上，他就聽詹課長啐了一聲，道：

「超級臭屁的戰將！」

榮茂頓時明白，課長跟這位公司的風雲人物歐副理並不對盤。

因為老家在中部，榮茂偶而會跟台中分公司的同事聯絡，他早就耳聞這位超級戰將，在台中積極拓展業務、服務客戶、還有在管理上公正開明的領導威名。

榮茂沒有想到，這位第一次見面的歐副理，對他後來的職場生涯有著重大的影響。

10 強人謝幕危機顯露

因為販賣的產品一成不變，趕不上市場快速發展的變化，許多對手不斷蠶食鯨吞藤田的通路客戶，很多通路商甚至已中止銷售藤田的產品。

儘管業務單位跟客戶不斷向曹總反映，曹總仍然不為所動，只是要求業務員跟主管提高拜訪客戶的頻率，想藉此穩住銷售通路。

業務單位所有人都明白，拜訪越多次，只會聽到越多的抱怨，無助於銷售的提升。

上有政策，下有對策。像詹課長這種善於應付的主管，就只象徵性地要求榮茂和課內其他同事，一人提供他兩三家客戶，意思意思去走走交差了事。

聽膩了一而再的抱怨又無力解決，課長總是在坐下後隨便閒聊幾句，往往茶都沒涼，就假裝忙著要趕去拜訪其他客戶告辭離開，以免抱怨越聽越心煩。

兩三家店一上午就走完。下午課長就帶著榮茂到郊外，找家咖啡簡餐吃午飯談八卦，然後又去為他的寶貝女兒買東買西。

聽楊知升說，課長跟他們外出行程也都一樣，就是做做樣子應付應付曹總罷了。

工作就在這樣過一天算一天當中度過。

反正抱怨聽多了也就習慣了，而業績成長漸緩的劣勢，也不是基層業務員有辦法改善。同事們私底下經常相約吃飯聚會，或是互相打氣，或是聽楊知升說笑苦中作樂，壓力倒也不大。

「生意不好最好啊！要不然我們怎麼有空坐在這裡聊天打屁？」一向來投機識時務的楊知升這麼安慰大家。對業績企圖心強烈的榮茂聽了不以為然，但卻也無可奈何。

夜裡跟假日稍稍得空，榮茂常一頭栽進財經書報跟雜誌裡，興致盎然地不停研讀。因為這樣的投入，雖然他可用來投資的資金不多，卻也都能穩定獲利，增加了一筆額外的收入。

這一年曉琪生了第二胎，是個兒子。雖然公司業績低迷，榮茂除了上班以外，幾乎都忙著照顧他們母子跟大女兒，還要兼顧店裡的生意，忙得根本沒有時間洩氣。

* * *

隔年台灣中部發生了嚴重的九二一大地震，震度之大，連北部都被震倒兩幢大樓，震災死亡人數達兩千多人，震驚全球。幸好榮茂老家靠海不靠山，沒有受到損害。

正當全台灣忙著在哀傷中，重建震災帶來損傷的同時，藤田公司也準備告別一個舊時代。

一手將藤田公司從沒沒無聞的日系產品代理商，帶領成為全台數一數二知名品牌的曹總，在公司年滿六十歲退休的規定下，終於要卸下他傳奇的職務交棒了。

在接班人選的競爭中，榮茂耳聞了一些風聲。不過他的職位太低，所知有限。而接任曹總的人選也很快地公布，毫無意外地按資排輩由高恩厚副總接任。

在缺乏新產品導致藤田競爭力削弱的後期，公司找了國內本土品牌代工，推出低價產品，企圖在搶奪不到高價市場的劣勢下，轉而爭取後端的低價市場。

而為了避免侵犯日本藤田公司的商標權，這些低階低價的代工產品，被取了另外一個新的品牌名稱叫「騰龍」。

在曹總退休大約半年前，有一天榮茂在公司附近的街上，遇到正在散步的高副總，副總一如往常親切和藹地跟他閒聊了一會兒。言談中，他突然一反常態慷慨激昂地對榮茂說：

「小江，我們以後不只賣騰龍牌空壓機，我們還會有騰龍牌電鑽、騰龍牌鑽孔機、騰龍牌電動起子……，我們的營業額會比現在翻兩倍，我們可以不用靠日本……」

因為這段往事，雖然騰龍這個副品牌產品一直引不起通路商的興趣，但是在歷經兩年多沒有新產品的低迷氛圍下，榮茂對高副總接任後的公司發展，還是懷抱著一線希望。

改朝換代後的人事變動，是榮茂進入職場後目睹的第一次人事鬥爭。

人事命令公布後，榮茂才知道，原來在資淺的他看似一視同仁的表象下，其實公司的同事，是有曹總人馬跟高副總人馬、高副總喜歡跟不喜歡的分別的。

最明顯的，就是向來唯高副總馬首是瞻的榮茂主管詹課長，立刻就升任副理掌管一個包含三個課的部門。

而和榮茂曾有一面之緣的風雲人物歐副理，則聽說因為曾經被列為接任總經理的人選之一，對高副總產生威脅，雖然戰功彪炳，卻沒有在升職的三位經理名單中，並且被從台中調回台北總公司就近看管。

而榮茂也在這一波人事變動中，調離從進公司後一直待了八年的單位，跟楊知升一起調到歐副理的麾下。

＊　＊　＊

就在這樣大幅變動的時刻，榮茂再次面臨了轉換工作的抉擇。

11 再次面臨轉換職場抉擇

離開公司自行創業的英豪，在勤奮不懈的努力下，業務蒸蒸日上，原本只有三個人的小公司，已經擴充到十幾位員工了。他再次向榮茂招手：

「你過來薪水跟藤田一樣，你可以拿出三百萬，我讓一半的股份給你，依我現在的獲利，年底分紅絕對比你在藤田還多，如果我們兩個一起拚，往後賺的只會更多不會更少……」

這一次榮茂心動了。

一則兩年多來因為缺乏新產品，持續處於被動挨打的無奈狀況，讓企圖心旺盛的他感到氣餒。二則他現在的經濟狀況，有別於英豪第一次邀他創業時的窘迫，拿兩間房子向銀行抵押，借三百萬當創業基金並不困難。

想著想著，一想到可以有自己的事業，單純的跟英豪一起齊心打天下，不必再陷在上班族為了升遷加薪必須壓抑自己和仰人鼻息的卑微宿命裡，他就不禁感到雄心萬丈，彷彿一匹就要脫韁狂奔的野馬一般。

他萬萬沒有想到的是，曉琪堅決反對。

「我每個月幾萬幾萬的提早還，再過五年貸款就可以還完了，你一下又要借三百萬？」

「按照英豪現在的獲利，三百萬大概也是兩年就還銀行了。」榮茂解釋著。

「做生意有一定的嗎？都穩賺不賠？」一心企盼生活穩定的她，態度十分堅決。

之後任憑榮茂怎麼勸說，她都一語不發。到了後來，榮茂也因為她的不可理喻動了氣。兩個人持續冷戰了一個星期不說話。

「那還是不要好了，不要為了這事夫妻吵架。」跟曉琪也熟識的英豪，聽了榮茂家裡的狀況後這樣勸他。榮茂難掩失望地看了他一會兒，只好無奈地說：

「抱歉了！」

＊　＊　＊

隨著公司發展逐漸失序，外面的社會也跟著脫序了。

這一年台灣總統大選，原任台北市長的候選人聲勢大好，極有可能打敗長期執政的政黨候選人贏得總統大選，造成台灣首次的政黨輪替。

雙方陣營都傾盡全力，投入了大量的人力、財力宣傳動員。一邊是在野多年爭取民主後，第一次有當家作主執政機會的在野黨。一邊是在從獨裁以來長期執政後，為可能失去政權而恐慌不安的執政黨。

隨著廣告宣傳文宣鋪天蓋地散佈，真真假假的口號抨擊流遍街頭巷尾，電視廣播不分日夜激情煽動，全台灣幾乎大大小小所有人，都被捲進這場選舉殊死戰中。

常常看書喜歡理性思考的榮茂，對政治向來沒有好感。

看了太多歷史和忠奸故事，他認為政治從來都是為了滿足少數人的利益操弄多數人的詐術。他讀過一段未經證實的軼聞，說是曾經有人詢問接續父志擔任領導人的前總統，他們家會不會出現第三代同姓的總統時，他堅決地否認，並且在私底下說：

「政治就像挖臭水溝一樣，越挖越臭。」

不論傳言是否真實，但是這句話頗得榮茂認同。而這樣的話，出自因著獨裁父親，在政治場上腥風血雨度過一生的前總統，榮茂認為可信度很高。

儘管如此，他還是無法自免於這場瘋狂的選舉之外。

12 荒謬毫無理性的政治

公司很早就預見這場選舉將引發激烈的對立與衝突，也早早就對必須在外走動的業務員下了封口令，要求大家外出不得與客戶談論政治，以免影響生意。所以儘管藤田員工各有各的政治立場，但是他們除了偶而在私底下談論激辯外，出外一概閉口不談政治。

有一次，榮茂在一家五金行裡，和老闆泡茶聊天，這時外面走進來一名男性客人問道：

「老闆，有沒有發電機？」

老闆聞言趕緊放下茶杯，站起身來帶著客人到擺放發電機的角落，親切有禮地為他介紹各式發電機的功能跟價錢。客人聽了，很快就選定其中一部說：

「那就這一部好了，我給你住址，麻煩你下午幫我送到店裡，我會叫會計直接給你錢。」

「好好好，沒問題。」老闆笑臉盈盈殷勤地應著，然後說：「請坐請坐，一起喝杯茶吧？」

「好，謝謝！」，老闆引著客人回到櫃台旁邊的茶桌前。那客人看了榮茂一眼，榮茂客氣地微笑點頭，對方也微笑回禮，然後在榮茂旁邊的空椅子坐下，嘆了口氣道：

「唉！最近這選舉啊！真是搞死人……」

「對啊！亂七八糟的。」老闆一邊在茶海裡幫客人沖茶杯倒茶一邊回應。

接著，客人便開始數落某政黨的不是，榮茂一聽發現兩人支持的黨派不同，開始覺得不安。只見老闆聽了臉色有異，但立刻又回復笑臉打哈哈虛應。

不料客人似乎沒有察覺，越說越激動，不停地批評。很快地老闆再也忍不住，反駁了客人的論點。那客人見老闆前一刻還客客氣氣的，下一刻突然收起笑臉來針鋒相對，不覺地動了氣。兩人你一言我一語地來回，音調越來越高。

榮茂一開始聞到火藥味，就趕緊介入轉移話題，但是已經來不及了。情勢很快急轉直下，雙方爭得眼紅，似乎完全把他當空氣。沒多久，老闆站起身來指著門外氣憤地喊道：

「你出去！我不做你這種人的生意。」

客人也不甘示弱，立刻站起身來走向門外，回頭留下一句：

「我也不會跟你這種不明事理的人買東西。」

說完拂袖而去，留下目瞪口呆、張口結舌的榮茂坐在店裡。

另外有一次更離譜……

榮茂有一家小型工程客戶，老闆的弟弟在他店的隔壁開雜貨店，兩兄弟政治立場不同，經常在哥哥店裡泡茶鬥嘴。平日說說笑笑，倒也不傷和氣。

就在選戰打到最激烈時，有一天榮茂在這店裡，和老闆討論一批空壓機出貨日程。談到一半，只見他弟弟笑嘻嘻地從門外走進來，和榮茂打了招呼後，立刻坐在他身旁，大聲地批評起他哥哥支持的政黨，儼然專程來挑釁的模樣。

那哥哥一開始不理他，繼續和榮茂討論公事，做弟弟的見哥哥不回應，越講越得意，即便榮茂聞到煙硝味，趁機抽空想轉移話題，那弟弟卻似乎一心要惹惱哥哥似地說個不停。

終於，哥哥忍無可忍，兩兄弟爭吵沒兩句後，居然就動手打起架來，看得榮茂跟老闆娘和店裡的員工傻眼，大家連忙把兩兄弟支開。那弟弟被拉開後，悻悻然地走出門外，哥哥餘怒未消朝他喊道：

「你以後不要再給我走進這個門……」

「稀罕喔？」弟弟也不甘示弱，說完揚長而去。

榮茂的父母和岳父母也分別支持不同政黨，每次回去探望，老人家幾乎從頭到尾，都只有選舉可談。榮茂聽久了許多荒腔走板的論調，有時候忍不住反駁這些謬論，結果在這場非友即敵的殊死戰中，被兩邊老人家都歸類到敵對陣營去，弄得兩邊不是人。

倒是榮茂讀幼稚園的小兒子丁丁，從小就機靈體貼。每次回阿公阿嬤家，就會拿起阿公擺在電視上的候選人公仔，放在頭上邊搖邊耍寶，喊著：

「XX當選！XX當選！」逗得阿公阿嬤笑呵呵。回到外公外婆家，他也會拿起外公插在牆上的候選人旗幟，屋前屋後邊跑邊搖，喊著：

「〇〇加油！〇〇加油！」逗得外公外婆樂不可支。

有一次在開車回家的路上，榮茂問他：

「丁丁，你怎麼都知道阿公阿嬤他們要選誰？」

「那當然，我這麼聰明。」兒子靠坐在後座仰頭叉手得意地說，讓榮茂看得啼笑皆非。心想這麼多大人，情緒智商都比不過他這個小鬼。

向來對政治存疑的榮茂，在這次選舉之後，對於只問立場，毫無是非邏輯與公平正義可言的政治，更覺厭惡。

這場選舉徹底撕裂了台灣社會，而且影響十分長遠。

* * *

調到新單位後的榮茂，很快地適應了新的工作。

跟榮茂原來官威十足的主管詹副理作風完全不同，歐副理是一位實事求是的主管。

儘管產品不足的困擾依舊，但是只要業務員或客戶遭遇任何公司內部執行上的困難，一旦讓他知道，他都會不厭其煩地親自去跟相關單位溝通，把問題排除。

此外，有別於詹副理的是，他非但勤於陪業務員拜訪客戶，而且對於聽了數百次千篇一律的抱怨，他總是從頭到尾耐心地聽完，再以很誠懇的態度表達歉意，然後再用一套令人聽起來若合情理的說詞，強調藤田既有產品的優點向客戶解釋。

雖然聽起來只是一套自欺欺人的說詞，但是因為他肯誠懇聆聽抱怨的態度，他的說詞至少讓許多客戶受用。對榮茂他們這些第一線業務員來說，他的拜訪對客戶關係是有助益的。

公司編列的交際費，歐副理也不會挪為私用。只要月底應付紅白喜事後有節餘，他就會要求業務員邀請通路商輪流聚餐增進感情。

隨著手機逐漸普遍，他甚至在聚餐後會把自己的手機號碼公告周知，告訴客戶們如果有業務員不能解決的問題，可以直接打電話給他。

歐副理勇於任事的態度，讓許多業務員跟通路商都受到感動。

跟榮茂一起外出拜訪客戶時，歐副理在車上經常會問：

「小江，最近銷售有沒有什麼問題？」或是：

「最近客戶還有沒有反應什麼公司的問題？有問題要說喔！」

他不只是隨口說說而已。有時候榮茂向他反應問題，他不是立刻拿起手機打回公司詢問解決，就是拜訪完客戶一回到公司，立刻追蹤處理，讓榮茂非常佩服。

「上山一天，下海也是一天，既然上班，就要認真把自己的工作做好。」他經常這麼說。

榮茂早就耳聞歐副理做事實事求是、積極任事的風格。但是後來他才聽說，歐副理調任台北後，更加地全力以赴、小心謹慎。因為他曾經在總經理繼任人選中被提出，對現任的高總經理構成威脅，所以據說高總經理無時不在找尋他的錯處，找機會打壓他。

13

業績低迷主管互鬥

公司專門負責醫院客戶的單位，有一位邱本田課長，他跟歐副理、詹副理同期進入公司，長相圓潤、笑容可掬，看似個彌勒佛。有一次高總在台北邀宴北上參加商品展的中南部同事時，席間榮茂無意間聽到兩位不認識的同事一段這樣的對話：

「……，他都還沒來台北報到，有一天家裡有事請假，老高就教邱本田下來查他的帳。」

「公司的帳清清楚楚，他的帳會有什麼問題？」

「說什麼他收客戶三十萬回扣。」

「啊！……有查到嗎？」

「查到老歐現在還會在這裡嗎？」

「……」

榮茂背對他們坐著，邊聽邊覺得毛骨悚然，這才知道公司上層存在這麼多角力鬥爭，也明白了歐副理為什麼總是顯得如此小心翼翼，戰戰兢兢。

儘管如此，因為主管表現得大公無私，勇於任事，在歐副理領導的單位裡，還是顯得生氣勃勃、鬥志昂揚。作為基層職員，還未涉入人事鬥爭的榮茂，也工作得很愉快。

歐副理帶領的通路處，跟榮茂之前的單位不一樣，這裡只負責透過以五金行為主的通路販賣設備，完全不負責跟工程有關的安裝施作，業務相對比較單純。

在歐副理手下的三個課裡，領導榮茂的是吳康順課長，他是一位個性溫和、無甚主見的主管。然而在歐副理的領導風格影響下，每每榮茂遇到工作上的困難，吳課長還是會主動協助處理，很少需要上報到副理。

隔壁課的胡必信課長，年資比吳課長資深，比歐副理略晚。他表情嚴肅、不苟言笑。但是每當榮茂與他獨處時，他常會主動跟榮茂閒聊，問榮茂家裡的事、工作習不習慣？還表示如果副理跟吳課長不在，有問題可以告訴他，是個溫暖體貼的前輩。

榮茂私底下聽同事說，胡課長年輕時，跟歐副理曾經有過不愉快。可是一直到榮茂換到新單位近半年，他都只看到胡課長跟其他課長一樣，確實執行歐副理交代的工作，看不出兩人有什麼不對盤的跡象。

榮茂也注意到，高總偶而來他們辦公室，總是簡單跟歐副理討論公事後，就會走到胡課長的座位，跟他閒聊一陣才離開。

好幾次在公司附近，榮茂也看到他的老主管詹副理，跟胡課長一起走在路上。或是一起午餐，或是走進附近咖啡廳。所以榮茂知道，胡課長跟高總和詹課長私交不錯，知道他們是「一掛的」。

另一個課的張黎明課長，是一位幽默風趣、愛開玩笑的主管。他畢業於知名大學，頭腦反應靈敏。每次遇到榮茂，總愛開他玩笑捉弄他，是個不擺架子、容易相處的前輩。

課內除了他熟識的老同事楊知升，還有一位跟他同年，卻長得一副娃娃臉的姜康澤。聽說他的岳母，是曹總女友保險公司劉經理的姊姊。他人如其貌，每天總是笑嘻嘻地像個孩子，有時同事私下開玩笑提到他跟曹總的關係，他總是隱晦不語。遇到比較有挑戰性的工作，他也總是能躲就躲，深怕惹事。

隔壁課胡課長的課裡，有一位年紀比榮茂稍長的李明南，長得玉樹臨風，跟楊知升交情甚好，是個冷面笑匠，每每跟楊知升一搭一唱為大家帶來歡笑。

李明南的姐姐是曹總的機要秘書李秀璧課長。因為這層關係，所以聽說李明南學歷不高，但是還是升遷順利，很早就跟大學畢業的楊知升同時升主任。

進入公司的時間越久，榮茂看到公司裡的人事攀緣就越多。毫無背景的他，並不覺得忌妒不滿。他知道這是人情難免。但是他也知道，自己沒有任何的人事背景可以憑靠，想要出人頭地，就只有比別人更努力，拿出比別人好的成績。

* * *

不管大家多麼努力，產品不足的弱點，仍然為藤田公司帶來難以挽回的頹勢，在高總接任後，公司業績開始滑落。而副品牌騰龍的低階產品，非但沒有帶來有效的營收，反而累積了越來越多的庫存，積壓了大筆的資金。

雖然歐副理領導的部門，業績達成率在全公司名列前茅，但是銷售額的絕對數字卻也持續滑落，其他部門當然也就更加悽慘了。到了年底，公司開始計畫裁員，打算裁減年紀較大的員工。

在曹總退休後不久，他的馬前卒、榮茂的老長官姜課長也退休了。榮茂常常懷念起這位毫無主見，卻對榮茂十分愛護的老好人。

儘管裁員的政策並沒有威脅到榮茂他們這些年輕職員，公司也根本沒有打算讓他們知道裁員的訊息，以免影響士氣。

榮茂甚至因為業績突出，到年底還獲得加薪。但是瀰漫在前輩主管之間惶惶不安的互動狀況，仍然讓全公司員工，感受到一分肅殺的氣氛。

隔年年假結束開工時，果然有幾位前輩提前退休，聽說工廠裁員的人數更多。

正當榮茂和其他同事們，在歐副理指揮下，為了提升業績而勤奮工作的同時。公司管理階層間，也為了避免在業績滑落時被究責，而顯得小心翼翼。檯面下，據說為求生存，爭功諉過、互踢皮球的人事鬥爭進行的非常激烈。

「業績不好，正好抓幾個看不順眼的替死鬼來頂罪。」有一天中午同事一起午餐時，有比較資深的前輩這麼說。

「那業績特別不好的主管，就很危險囉？」榮茂好奇地問，引起了幾位同事一陣笑聲。然後楊知升對著他解釋說：

「這跟業績好不好沒有關係，要看老板愛不愛你。如果老板愛你的話，不管你業績多爛，他也會替你找到好理由。如果老板不愛你，不管你業績多好……」

「他也可以找到好理由。」這時李明南接口，說完引得全場哄堂大笑。

「是喔？」榮茂聽了低頭皺眉，心想這實在是太不公平了。

「小江，你進公司也好幾年了，還那麼天真？」楊知升在對面搖頭望著他說。

進公司近十年的榮茂，並不是不知道企業裡多有不公平的事。但是他仍懷抱著期望，希望藤田公司裡還可以存留一點論功行賞的公平性。

而從這件事，榮茂也看出來，在整個藤田公司的文化裡，相信公正公平的人並不多。大多數的人，都相信靠對派系站對邊，比績效表現更重要。從接著而來的態勢發展看起來，也的確如此……

＊　　＊　　＊

14 混亂局勢中的人事鬥爭

主管間的沉默令人不安，也使得所有的人都顯得格外小心謹慎。

歐副理是唯一的特例，他不斷地下達指示，要求大家更積極拜訪客戶，更積極處理客戶銷售遭遇的問題。有一天早上，就在他召集所有同仁開會，下達一連串指示，大家陸續走出會議室時，榮茂聽到胡必信課長在回到他的座位時，脫口說道：

「搞東搞西，這樣就有用嗎？」他說話時的音量不大，但是剛好全辦公室的人都可以聽到。大家一陣沉默，榮茂小心地用餘光，抬頭看了一眼不遠處的歐副理，看到他望著胡課長的背影先是一愣，然後顯得若無其事地坐下來翻看公文。

從這一天開始，歐副理每每在辦公室宣達指示後，都要特別〝提示〞一下胡課長：

「胡課長，聽到了喔？」

「胡課長，這樣你清楚了嗎？」

「胡課長，……」

而胡課長也總是不情不願地點頭，或是用不耐煩的語氣回道：

「知道了……」

兩人針鋒相對的態勢十分明顯，使得辦公室內的氣氛更加地凝滯。這樣的情況持續不久，兩人終於爆發了正面衝突……

這天早上，榮茂正忙著在電話中跟客戶聯絡出貨的事，他突然聽到站在歐副理座位前的胡課長，很大聲地朝著副理說：

「上次不是就跟你說過不可能嗎？」全辦公室被這突如其來的巨吼嚇了一跳，榮茂一邊壓低音量跟客戶繼續談論公事，一邊頭也不敢抬地低頭用餘光偷瞄前方。

只見歐副理怒不可抑倏地站起來大聲回道：

「這也不可能，那也不可能，我們乾脆收一收回家吃自己好了……」

正當兩人怒目對峙時，吳康順課長桌上的電話響起，吳課長接起電話低語了兩句。掛上電話後，他怯怯地走到歐副理桌前說：

「副理，胡課長，總經理請你們兩位去他辦公室……」

兩人緊繃著臉一前一後離開辦公室後，榮茂聽見辦公室裡眾人輕聲議論著：

「怎麼總經理這麼快就知道了？」

「你不知道辦公室有裝監視器喔？」張黎明課長半開玩笑地道。

＊　＊　＊

自從歐副理跟胡課長在辦公室正面衝突，兩人被總經理召去訓斥後，原本話少的胡課長變得更加沉默不語。而歐副理在遭遇跟對他不懷好意的高總交好的部屬公然挑戰，領導威權受到嚴重打擊後，更顯得如驚弓之鳥般地惶惶不安。

他每天早上上班後，輪流找部門內的同仁去附近咖啡廳談話，一開始是另外兩位課長，接著是資深前輩。榮茂聽他們說就是數落胡課長的不是。等到換到榮茂時，他才清楚談話內容。

副理先是詢問了榮茂對這事件的感受，榮茂據實回答：

「看到你們兩位在辦公室吵架，很害怕……」

副理聽了笑了笑，然後安撫榮茂，要他保持平常心如常工作。接著就開始述說起從榮茂進入公司多年以前，胡課長是多麼懶惰自負，表現是如何的消極差勁，只靠著親近高層主管一路爬升，對公司是如何毫無貢獻。就像連珠炮似的，一連講了超過一個鐘頭沒有停止。

副理講的許多事，很多自然是榮茂不曾聽說過的，每當他顯露出驚訝或疑惑的神情，副理就會針對他正在講述的事，不厭其煩地清楚解釋。

榮茂一邊依自己的邏輯，整理副理說話內容的實虛以便回應。另一方面，他對於副理要反擊胡課長所表現出的戰鬥力，以及滔滔不絕、不厭其煩的精力感到十分驚訝。

難怪大家都說他是超級戰將。」榮茂邊聽心裡邊這麼想著。

在超過一個鐘頭數落胡課長罪狀後，副理終於暫停下來問榮茂的看法，順便喝了一口水。進公司多年的榮茂，知道副理終究會要他表態，所以他一邊仔細聽，一邊也不斷地在過濾思考該怎麼回答。

不過真等到副理問他時，他還是感到有些遲疑：

「胡課長看起來真的很自負，做事也不是很積極。不過他私底下對人很不錯……」

副理一聽，立刻將口裡的水吞入肚裡，放下水杯說：

「他人不錯？他只是表面上憨厚，你知道他害過多少人嗎？」接著又講了大約十分鐘的故事，講述胡課長聽起來不算很陰險的過往事蹟。

等到他暫停再次詢問榮茂看法時，榮茂自覺資淺，又鑒於胡課長一直對自己親切友善。就像他不願循例收受回扣一樣，他也不願為了討好主管，在別人背後落井下石。他願意與人為善、就事論事，但是他也有他人格上的堅持。他想了想，只得委婉地說：

「其實，公司主管除了副理你做事認真積極，又願意幫我們解決問題、重視客戶，讓我們比較願意跟著你往前衝。其他大部分的主管，都覺得我們藤田是大品牌，都很驕傲……」

歐副理聽了，彷彿受到鼓舞似地。他再次強調胡課長高傲的態度後，立刻又砲火四射：

「……像你以前的主管詹信良，老是把客戶當下人看，不知道多少客戶對他不滿，連以前曹總都知道，說他懶惰、驕傲，你跟他這麼多年，應該很清楚吧？」

榮茂點點頭，他說的確實是事實。接著副理又開始舉其他主管的例子：

「還有像邱本田課長……」

「一家公司員工，可以這樣結黨結派，排擠認真工作的同事嗎？」

一連串批評下來，有的主管榮茂認識，有的只有一面之緣，但都是和歐副理資歷、階級相當的前輩。等到接近中午談話結束前，榮茂聽著聽著有一種錯覺：

「只有歐副理一個人，才可以挽救藤田公司。」

這就是歐副理在說服人時厲害的地方。

一個上午就這麼過去了。等到副理終於結束談話，兩人回到辦公室時，已經快十二點了，榮茂趕緊處理桌上堆積的文件跟同事留言。一直忙到快兩點才出去吃午飯。

固守原則的榮茂，不知道這樣的談話，之後會深深影響到他後來在公司的發展……

＊　＊　＊

15

構築亂世中的自處之道

隨著銷售每況愈下，持續成長超過二十年的藤田公司，在高總接任的第一年業績衰退一成。即使年底裁員，第二年開始，看起來也沒有好轉的跡象。在這低迷的氣氛下，公司內部的人事鬥爭卻更加火熱。

縱然業績相對較好，就算工作比其他主管更賣力，但是在高總打壓跟胡課長挑戰下，歐副理的危機感卻也越來越強烈。

除了他經常外出，聽說是向公司與他友好結盟的同事打探消息外，榮茂還聽說他也不斷向已經退休的曹總請益求援。當然，他也持續不斷地約談自己單位的部屬，鞏固自己的領導威權。

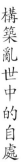

許多同事被歐副理召去咖啡廳兩三次後，就沒有再被叫去過了。但榮茂卻是一而再，再而三地被召喚。隔壁課的李明南，每每在榮茂被歐副理指示隨他外出時，總是幸災樂禍地開他玩笑說：

「副理最愛你了。」

因為副理每次在咖啡廳裡，幾乎都是把講過的事情重複再重複，榮茂也必須一次又一次地回應相同的話。而每天早上卻是他們業務單位電話最多、最繁忙的時候。

所以每次副理花一整個上午約談他，回來他就得趕緊處理早上累積的工作，忙到很晚才能出去吃午飯，所以到了後來，對於副理頻繁的約談，讓他也感到有點吃不消。

「內鬥內行，外鬥外行」這是他講了超過一百次批評對手的話。

* * *

榮茂不是不知道，副理一而再、再而三地找他約談，是要榮茂相信所有他對於其他對手，包括高總在內的攻訐都是事實。

但是就跟對於政治的態度一樣，榮茂對任何事都抱持著理性的態度。有關他早已聽說，或者是他親身經歷的事，就像關於他前主管詹副理對待客戶的傲慢態度，他可以附和副理所說。

但是關於一些年代久遠，或是當事人只有副理跟對方，無從考證的說法，榮茂總是只能靜靜地聽，沒有辦法跟隨批評表態。

更何況有些事，在榮茂事後與其他前輩同事私下閒聊時，旁敲側擊地求證，發現根本沒有其他人聽聞過。

尤其有些事太過聳動，比如某某人曾經性侵某某女同事，這樣的事非但嚴重損害當事人名聲，更會嚴重傷害受害人的名譽，榮茂甚至在事後求證時，都不敢明確提及雙方姓名或跟事件性質有關的字眼。

而往往多方詢問，旁敲側擊的結果，發現根本沒有人聽聞過相關傳言。這讓榮茂在查證無著後，只能選擇性地將它遺忘，以免將來無意說出口，毀人名節。而之後當副理又再提起時，他也只能任它左耳進、右耳出，以免聽多了誤記為事實。

儘管副理循循善誘、一說再說。上班多年，看了這麼多官場現形記，曾經感嘆上班的人不僅為了五斗米折腰，還要出賣自己人格的卑微宿命，榮茂在不自覺當中，早已下了維護自身人格的決心，不願從眾隨流。就像他當初在詹副理教誨他只要討好有權掌握他自己升遷的人，無需理會不相干的人之後，他心中所想的一樣：

「我寧願讓你一個人不滿意，也不要去得罪其他一萬個人。」

做為一個在高層權力鬥爭中飽受驚嚇的低階職員，榮茂在這個時候，就放棄為了升遷不擇手段的企圖心，以保全自己人格、忠於自己良知為立身自處之道。

榮茂認為自己在公司上班的本分，就是符合公司的規定，把身為第一線業務人員的業績做好。他願意與人為善，但是不願意為了討好主管，去做違背自己人格良心的事。

他在心中十分肯定甚至崇拜歐副理在工作上積極認真的態度，但是對於他無所不用其極攻訐對手的言論，他也著實不敢恭維。是非對錯，他心中自有一把尺。

在這業績衰退的艱難的時刻，全公司主管好像只有歐副理在著急，其他人看起來都一切如常似的。

偶而遇見高總，他依舊笑臉盈盈，還經常開榮茂玩笑。對面辦公室的邱本田副理，依然時不時地探頭來找榮茂的主管吳康順課長，然後兩人有說有笑地往外走。

在公司附近的咖啡廳，榮茂也時常看到他的老主管詹副理，和他常在一起的幾位主管在咖啡廳裡談天說笑。

這些現象看在榮茂眼裡，一邊為自己的副理叫屈，一邊又懷疑業績下滑是不是壞消息。

前後被歐副理約談持續了不下十次，副理終於放棄了。

連著三天沒被叫去咖啡廳，有一天早上，李明南走到榮茂身後，手搭在他肩上挖苦道：

「副理不愛你了。」榮茂回頭給了他一臉苦笑。

很多年之後他才知道，歐副理期望於部屬的，是對他的話百分之百的信服。

很多年之後他才知道，私底下對政治狂熱的歐副理，對於人際關係也跟政治一樣，非友即敵，不容許部屬在他面前，有與人為善的表現。

也在很多年之後，榮茂才知道，許多跟他一樣被約談的同事，不只像他們事後閒聊時所說，在與歐副理獨處時，只是不斷附和副理的說法。他們甚至加油添醋、無中生有地跟著他攻訐對手，博取他的歡心與信任。

至於理性客觀這件事，榮茂也在很多年之後才知道，對於歐副理來說，他堅信在所有人當中，只有他自己是理性客觀的。

藤田公司的企業文化，從這時起開始逐日腐化。

第一季才剛過，歐副理被升任經理，看似升級，但是卻被調到南部的高雄分公司去，遠離高總領導下的台北權力中心。

16 投機避責的工作氛圍

歐副理外調南部後，接任他的是看起來和藹可親、圓胖像尊彌勒佛，曾經銜高總之命，私下去台中調查歐副理操守的邱本田副理。

和歐副理作風完全不同，邱副理是位無為而治的主管。除非上級交代任務，或是客戶提出要求，他幾乎從不主動找部屬開會，完全處於被動的領導方式。當然，他更不會再找部屬外出到咖啡廳循循善誘、耳提面命。這讓全單位的同仁都鬆了一口氣。

邱副理跟其他主管也都關係和諧。自從他調來後，高總幾乎每天都會來和他閒聊玩笑。他跟胡課長相處得也很融洽，胡課長和他交談，也總是顯露出久已少見的笑容，和過去與歐副理劍拔弩張的態度完全不同。

他和榮茂的直屬主管吳課長尤其交情最好，以前榮茂就常見他來找吳課長外出，現在只要不忙，就更可以看見他們兩先後離開辦公室，到附近咖啡廳去閒聊，晚上也常邀約喝酒聚餐，榮茂偶而會被邀去，席間總是談笑風生、賓主盡歡。

相較於過去歐副理帶領時的戰鬥氣氛，辦公室裡呈現出一副天下太平的祥和景象。

雖然換了一位少有要求的主管，但是逐漸建立自己處事原則的榮茂，並沒有因此鬆懈偷懶，他一秉自己向來的工作態度，仍然勤奮不懈地埋頭做自己該做的事。

雖然現在的上班氣氛很優閒，不過有些同仁似乎不以為然，像張黎明課長就曾經在閒談時私下批評：

「業績這麼爛，整天吃吃喝喝，真的是七月半的鴨子不知死活。」

此後他也多次對業績下滑毫無對策的邱副理私下批判。表達不滿。

* * *

有一次，榮茂的一位重要客戶要他轉告邱副理，提出分攤一件金額不少的運送費用的無理要求。作為公司第一線的業務人員，榮茂知道這會大幅增加公司額外支出，於是當場拒絕，但是對方十分堅持，搞得他左右為難，不知道該不該向副理提起。

一天下午下班前，同事們在辦公室閒聊，他提起了這件事。

「客戶叫你轉達，你當然要跟副理報告，讓他自己去拒絕啊！」楊知升聽了這麼說。

「你就跟他講嘛，他笨笨的，一定會答應的，幹嘛自己在那裡傷腦筋呢？」李明南接著道，說完和楊知升兩人對看一眼，相視大笑。

榮茂聽他們的建議去向副理報告，副理果然毫不猶豫一口答應，大出榮茂意料。

「果然是一個有求必應的好好先生！」榮茂轉身離開時心裡這麼想。

這就是邱副理的行事風格。他不在乎業績，他不會嚴控支出以維護公司的利益。他只想與人為善、各方討好。當然，他不是真的佛心來著為了誰好，他只求太平無事，別讓任何人找他麻煩，好讓他可以安安穩穩的領薪水、喝咖啡、享受美食，過他的快樂日子。

不只是邱副理，包括楊知升、李明南等等許多機智投機、懂得看風向識時務的同事，都是抱持著這樣多一事不如少一事，只要有薪水領，毫不把自身職責放在心上的態度。榮茂看著這些精於卸責的同事，常常無來由地為公司感到擔憂。

藤田公司的業績完全沒有好轉的跡象，依舊像落石般往下滑落。到了年中，公司開始有傳言，說董事會再也無法忍受，打算撤換高總。

果然沒多久，人事命令發布。才晉升不久被調往南部的歐經理，又晉升為協理。可是他並沒有被調回台北總公司，依舊留在高雄。而跟他同時晉升協理的台中分公司主管吳興福經理，卻被調回台北總公司。

後來榮茂才知道，原來高總自知職位不保，又不願讓他向來不喜的歐經理接任，所以同時拔擢了一向與他交好，資歷也足以跟歐經理相抗衡的吳經理，並且向董事會力薦接班。

* * *

17

強將領導風雲再起

吳興福經理長得短小精悍，跟已退休的曹總一樣法相莊嚴。在歐經理還在台中任職時，吳經理長年擔任高雄分公司主管，在公司素有「南霸天」的稱號。

據說他治軍甚嚴，但是跟曹總不願讓太多員工知道他家住在哪裡不同，吳經理的部屬逢年過節都要去他家送禮請安，否則表現再好也升遷無望。

他跟南部許多重要客戶也都關係密切，往來甚殷。同事跟客戶不僅都知道他家住在哪裡，而且也都頻繁地在他家進出。

台中分公司有一位晚榮茂兩年進公司的廖平興，身材壯碩、處事穩重，是榮茂的同鄉。榮茂每次回老家都會找他聚會閒聊，平興偶而上台北出差或旅遊，也會到榮茂家拜訪借宿，兩人十分投緣。

據平興說，自從歐經理調往台北，由高雄來的吳經理接任後，台中分公司的同仁彷彿從天堂落入地獄。非但以前公正開明的風氣蕩然無存，整個分公司逢迎諂媚、爭功諉過的氛圍，讓許多長期跟隨歐經理的同事難以認同並且無法適應。

許多任事積極，以前在歐經理任內受到重用的同事，現在都被冷落。而以前偷懶怕事、表現不佳的同事，現在都起死回生，整天跟隨在吳經理身邊前呼後擁。

這一年的下半年，藤田公司的所有業務員都十分忙碌。不是因為業績有起色，而是董事會下令將所有副品牌騰龍的龐大庫存減價出清，折扣從兩折開始。

通路商毫無興趣，一直到年底，折扣升到七折。最終以原訂價的三成出清，根本就遠低於進貨成本，藤田公司損失慘重。

榮茂一邊忙著跟通路經銷商交涉銷出庫存的同時，好幾次不免回憶起當年，高總告訴他銷售副品牌產品，可以讓公司業績翻倍的往事，不禁搖頭嘆息、不勝唏噓。

到了年底，只當了兩年總經理的高總黯然下台，提前退休，由眾望所歸的歐協理接班。

精力充沛的歐總經理，一上台後就馬不停蹄地積極與董事會溝通，很快取得董事會同意，針對長年以來產品線落後的劣勢，投入資金引進生產。

接著在很短的時間內，歐總幾乎天天跑土城工廠，針對新引進產品的生產線建置催促監督，工廠為此幾乎天天加班。

過了年中，許多新產品陸續上線量產，這一年下半年，藤田公司營業額開始從谷底回升，擺脫了多年以來的低迷表現。

* * *

隨著孩子們漸漸長大到了就學年齡，曉琪希望孩子們能就讀台北市的學校。因為收入穩定增長，兩夫妻得以提前償還房貸。

由於曉琪不甘心被銀行賺取利息，努力還貸款，他們未償還的餘額不多，所以可以貸款的信用額度也提升，兩人計畫在市區買房以便孩子就學。

不久，他們就在曉琪父母家附近，找到一間負擔得起的小公寓，方便岳父母幫忙照顧小孩。

合夥不成的英豪，憑藉著認真勤奮的水牛精神，公司發展扶搖直上。因為他服務的一家大客戶在大陸蘇州建廠，要求英豪配合施工，於是前一年英豪在蘇州開設新公司，將事業重心轉往大陸。

期間他偶而回來台灣，總是會邀榮茂聚餐閒聊。但是每次聚餐，榮茂常常沒有什麼機會跟他細談。身上帶了三隻手機的英豪，手機總是響個不停。有時榮茂還得替他代接，再讓他講完之後回電。

一年後新公司運作穩定，英豪一再邀請榮茂去大陸旅遊。於是在年底業務量稍緩，趁著公司員工旅遊前，榮茂邀了楊知升、常跟他從事戶外活動的廖仕浩、台中的廖平興，一起請假去大陸遊玩並探望英豪。

雖然知道中國在鄧小平領導時因為改革開放，帶來了驚人的經濟成長。但是當從未到過大陸的榮茂，在上海浦東機場下飛機，一路經過上海到蘇州，看到整個長江口的基礎建設跟城市大樓林立的繁榮景象時，他還是像劉姥姥進大觀園一般，看得瞠目結舌。

到了蘇州，在工業園區裡，榮茂舉目四望，看到的一座座大型電子廠，幾乎都是他耳熟能詳的台灣上市櫃公司，他這才知道報章雜誌經常在報導的產業外移有多麼厲害。他也才明白，幾年前在公司附近停車一位難求，這幾年上班族明顯減少，停車位隨處都有的原因。

英豪看到榮茂和台灣來的老同事非常高興，雖然他的公司已經擴展到超過一百名員工，工作更加繁忙，卻還是在榮茂他們停留大陸的五天裡，一邊不停地接電話，一邊開著車帶他們逛遍虎丘、拙政園、太湖等景點。晚上更帶他們嚐遍包括陽澄湖大閘蟹在內的江浙美食，詳盡地主之誼，讓榮茂跟其他台灣來的同事深為感動。

有一件事讓榮茂覺得十分有趣。

晚上英豪帶他們到當地 KTV 唱歌，偌大的店裡有近百間包廂，榮茂幾乎從頭到尾，聽到各個包廂傳出來的，都是台灣歌曲。唱完歌英豪載他們回飯店，在空蕩蕩的工業區路上，榮茂說出他的觀察，英豪說：

「這裡本來就像自己的地方一樣。」

最後一晚英豪陪他們住在上海的飯店，晚餐後帶他們去遊黃浦江。望著江畔保留的許多舊建築，榮茂記起他在電視上看過的影像，想起當年國民政府撤離時，包括太平輪在內從此地倉皇逃離的景象。

最後一天他們去逛了豫園和專賣仿冒名牌的襄陽市場，看著那許多和正牌做得幾乎一模一樣的仿冒皮包、衣服、手錶等商品，榮茂又一次地感到驚訝，直覺得龐大進步的硬體建設背後，對於智慧財產權的保護觀念落差甚大。

楊知升忍不住買了許多仿冒品回台灣送人，但是卻又捨不得再花錢買一個大袋子裝這些戰利品，只跟店家要了一個黑色大垃圾袋提著。

臨上車塑膠袋破了個洞，在機場等飛機時，他把破洞的塑膠袋放在座位旁的垃圾桶邊，差一點被機場的清潔人員當成垃圾拿去丟掉，引起大家一陣哄笑。

搭巴士往機場的路上，旁邊就是時速超過四百公里的磁浮列車軌道。大家一路上拿著相機想要拍照。哪想到榮茂才剛聽到坐在前面的平興喊著：

「來了，來了！」榮茂立刻拿起相機朝向窗外，卻只見列車咻地一聲就往車後飛去，巴士時速一百公里，相對速度超過五百，榮茂根本就來不及按快門。

這一幕，讓榮茂真正感受到中國進步的快速，也讓一直在台灣工作的他，開始學會將視野投放到台灣以外的地方。

＊　＊　＊

18

業績回升鬥爭不止

隨著產品種類增加，甚至引進許多競爭對手沒有的先進產品，藤田公司在超級戰將歐總經理帶領下，不到兩年的時間便重回榮光，銷售成長遙遙領先其他對手。

許多通路經銷商，因為販賣藤田空壓機生意大好，賺了許多錢，都對歐總的領導肯定推崇、讚譽有加。而因為業績跟利潤大幅成長，公司也一反過去鼓勵優退和遇缺不補的人事凍結措施，開始大舉招募新人，為公司長久以來低迷的氣氛，注入了新活力與新氣象。

因為業績提升與新進人員增加，榮茂也跟著其他老同事水漲船高獲得晉升，他升級為副課長，薪水也大幅提升，豐厚的薪水，讓他跟家人生活更優渥了。

大家在壓抑許久後，因為一向表現獲肯定的歐總經理，終於執掌了公司的營運大權，並且一如預期地，在很短的時間內，讓公司的業績起死回生，還成長到原先沒有人預期的幅度，包括榮茂在內的許多員工，都對他佩服的五體投地，深深慶幸在曹總之後，藤田公司再現能人，帶領公司走向高峰。

榮茂的主管邱經理晉升為協理。雖然他過去曾經因為私下銜高總之命調查歐總操守，引起歐總不快。但是一向善察風向的他，聽說在歐總晉升協理，可能接任總經理的風聲傳出後，就開始努力向歐總輸誠，多次南下到高雄，去向歐總解釋自己上命難違的無奈。

有一次在晚上聚餐時，酒酣耳熱之際，榮茂聽到對於邱經理的領導向有微詞的張黎明課長，私底下對與他交好的邱經理舊屬吳輝祿課長說：

「我們三個一起坐車去參加公祭，我坐在副駕駛座，歐總一上車，你們本田兄就趕緊在後座摟著他，親熱的跟我說：『阿明啊！這是我兄弟』我聽了差點在車上吐出來……」

邱協理就是這樣一個善於見風轉舵的上班高手。

＊　＊　＊

儘管歐總經理的表現如此傑出，儘管公司上下許多人都對他敬佩與感激，但是榮茂卻不斷聽到許多對歐總不懷好意的傳聞。

比如說他效法曹總，引進供應商和貨運行圖利自己。又比如說他跟某某經銷通路商交情匪淺，總是給對方較低價格收受回扣之類打擊他的傳聞。

而另一方面，不只邱協理快速見風轉舵。當在公司樹敵甚多的歐總經理，掌握了公司營運的最高權柄後，許多熟諳官場規則騎牆觀望的同事，紛紛迅速轉向極力向他靠近。

在榮茂聽到不利歐總的傳聞裡，少數是真，有些聽在大部分的同事耳裡，都覺得搧風點火、加油添醋得太誇大，大家聽完都只是一笑置之。

但是不論真假，這些傳聞都在好事者亟欲邀功，或是趁機打擊對手以謀己利的企圖下，一五一十地傳到了歐總的耳裡，令一向敵我分明，現在好不容易坐上高位的歐總寢食難安。

有一天榮茂在廁所裡巧遇歐總，被他叫進了他的辦公室談話。

他先是關心地詢問了榮茂工作的情形和客戶的反應。榮茂誠心地報告了因為產品線齊全讓客戶滿意，自己的工作也進行得十分順利，說完不能免俗地感謝歐總的努力，也對他的策略和領導效率大大地讚揚了一番。

歐總邊聽邊仰起頭閉目微笑。似乎非常滿意。等榮茂說完後，他反問榮茂道：

「你知道我為了催生新產品，半年裡跑了幾次工廠嗎？」

「我聽工廠同仁說過，總經理幾乎每天去，如果不是您這樣緊迫盯人，我們也不可能這麼快就有這麼多的新產品可以賣，業績也不可能這麼快就回升。」榮茂誠懇地如實回答。

「你今年應該有升職加薪吧？」歐總聽完立刻又問。

「有！謝謝總經理，還加不少……」榮茂滿足地笑著回答。歐總聽完後，卻笑容漸失，滿臉嚴肅地又接著問：

「應該不只你一個人升級加薪吧？」

「據我所知，幾乎所有的同事都加薪了……」見歐總神色有異，榮茂小心地答道。

「我替大家這樣賣命，讓大家升官發財，竟然還有人在背後說三道四！」歐總笑容突然轉為怒容，整個人靠在椅背上不滿地道。榮茂聽了不敢作聲，沉默了一會兒才說。

「世界上本來就有很多人見不得人家好……」歐總聽了眼睛一亮，怒氣稍緩地說：

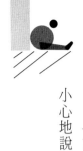

「可是他們也得到加薪的好處了啊！」榮茂聽完又想了一下，才又小心地說：

「這以前您也跟我說過，很多人都以為藤田很大很了不起，內鬥內行……」

榮茂為歐總抱不平地說。歐總聽了臉色逐漸緩和，明白地問道：

「所以你也聽過這些醜化我的謠言囉？」，榮茂點頭據實回答。

接下來歐總又開始發揮他取之不盡說服人的精力，花了整整一個鐘頭，針對外傳的謠言一一反駁。一如榮茂所料，許多大家聽了一笑置之的訛傳，全都鉅細靡遺地進了歐總的耳裡。待歐總說完已近中午，他最後又問榮茂：

「以後你再聽到這些惡毒的謠言，你會怎麼辦？」榮茂只想了一秒鐘，便立刻答道：

「為了公司以後可以更好，我一定會努力替總經理澄清這些謠言。」

歐總這才滿意地說：

「好了，去吃飯吧！」

隨著邱經理輸誠有效，升任協理輔佐歐總後，公司人事也跟著大幅變動。

向來謹言慎行、與人為善的榮茂直屬主管吳康順課長，接替邱經理職位升任副理。榮茂過去的副課長，向來謹言慎行、喜怒不形於色的王武治，晉升為企劃副理，成了歐總的幕僚長。

而近年刻意巴結、經常陪同吳副理與邱協理一起聚餐打高爾夫的楊知升，升任榮茂的直屬課長。

隔壁課愛開玩笑的張黎明課長升職副理調往台中分公司，由與曹總有關係的娃娃臉姜康澤晉升課長接替他的職位。跟張課長私交不錯的邱協理舊屬吳輝祿課長升職副理調派高雄分公司。

* * *

19 高層為所欲為　基層無奈

年初台灣爆發了知名企業集團掏空弊案，年邁的負責人潛逃國外。報載他掏空公司資產的金額高達新台幣一千億。

一千億！這是像榮茂他們這樣月領幾萬塊薪水的上班族，很難想像的龐大金額。

做為一個一切都要依照公司制度規定辦事的小職員，榮茂接連看著報紙電視的新聞報導，對於一家企業，能夠帳務作假到掏空這麼多錢才被發現，感到非常不解。

但是慢慢地，隨著新聞越來越深入的詳細追蹤報導，他也才理解到，原來在這個世界上，像這樣有權有勢的人，是可以透過經營高層的人脈和政商關係，編織出一片綿密的共犯結構，來掩護他胡作非為的惡行。

這當中並非沒人知道，只是當高高在上的老闆指示這樣做那樣做，捧人飯碗看人臉色的員工為了生活，明知不合法又能如何？

榮茂再一次地體會到上班族的無奈與悲哀。

事實上，不只這家企業的員工，在負責人外逃之後，他的子女們，也都陸續因為被父親掛名集團職務，或被掛名為借貸債務人而身陷囹圄。在他們明知非法，不安地享受父親給予財富的同時，他們又能如何呢？

當負責人子女及員工忙著進出法院及監獄時，他自己卻逍遙海外繼續享受他的富裕生活，真是徹底貫徹了傳說中曹操「寧可我負天下人，不可天下人負我」的精神。

在這個事件後，榮茂更加地認識到，所有表面上光鮮亮麗的老闆富豪，其實並不盡然都是心懷企業發展，公而忘私、值得尊敬的人。

雖然身為一個任人擺布的小小上班族，但是此後他無論接觸多麼高階的主管，或是多麼知名富有的客戶，都以一種見大人者則藐之的態度，不卑不亢地對待。

* * *

隨著公司的業務蒸蒸日上，業績不斷創新高。以前任高總為首滿懷妒忌的反歐總勢力並未止息。他們無視於歐總的成就與對公司的貢獻，依舊不斷地針對歐總，散布各種流言。

雖然一則歐總現在大權在握。二則他的功績有目共睹，而且又帶領大家突破困境、升級加薪，大部分的員工對於這些蜚短流長，不管是真是假，偶或基於尊重隨便聽聽，都覺得意興闌珊。更別說去得罪當道，廣為流傳了。

有一次在一個邀集包括退休同仁晚宴的聚會上，席間已退休的高總外出抽菸時，招呼榮茂陪他出去，一陣親切的噓寒問暖後，他輕吐了一縷煙，貌似感慨地對榮茂說：

「小江啊！要是我還在，早就升你當專案部的經理了。」

這明顯分化的手段，讓喝了酒的榮茂聽完一陣反胃。他強自鎮靜地自謙道：

「謝謝高總，不過我還沒有那個能力。」

「沒問題的啦！」老狐狸聽了不肯罷休：「唉！可惜呀，可惜……」

榮茂不再接話。

從這一天起，他自過去以來對高總僅存的一絲敬意全都蕩然無存了。也對以他為首的反對勢力，無所不用其極地打擊對公司功不可沒的歐總感到不齒。

而晉升後消息靈通，又因長期遭打壓而揣揣難安的歐總。在他為公司努力貢獻取得如此鮮明的成果後，面對這些反對勢力仍不鬆手，他也開始採取了漢賊不兩立的強硬態度。

先是曾經與他正面衝突的胡課長，被調往台中分公司，在比他資淺的張副理手下擔任課長，由曹總時代到現在都擔任總經理機要的李秀碧經理的弟弟李明南接任他的職位。

接著是向來與他不合的榮茂前主管詹副理，被調往工廠材料課管理材料。

然後是受到高總器重，曾經推薦接班的吳興福協理，被外放調往中國大陸，管理一家藤田與當地人合資開設的小公司。

除此之外，所有與高總等人往來密切的同事，幾乎都遭到降級或冷凍的連坐處分。

這樣明顯的人事整肅，當然引起了反對勢力的強烈不滿。

在這內鬥激化，謠言滿天飛的時刻，榮茂聽說高總結合了許多已退休前輩，向董事長和董事會抗議控訴，甚至還跨海告洋狀向日本的供應商以及對公司有影響力的大客戶求援。並且加大在公司內部散佈各種攻擊流言的力度，謀求最後的絕地大反攻。

無奈形勢比人強，歐總帶領藤田公司穩健成長的成績不容質疑。鑒於他過去積極任事、公正開明的領導作風，他升任總經理對包括榮茂在內的多數員工來說，更是眾望所歸。

而公司業績扶搖直上，為股東、日本供應商和經銷商帶來豐厚利潤，更是令商人們皆大歡喜的現實利益。不管高總勢力再做什麼，都只是徒勞的最後掙扎罷了。

*　　*　　*

20

內鬥紅眼戰將抓狂

儘管反對勢力反撲無望，但是被對手激怒殺紅了眼的歐總，此時卻不再鬆手。

他寫了一篇洋洋灑灑給副課長級以上員工的電子郵件，一如他過往在口頭上循循善誘的驚人說服力，在冗長的篇幅裡，詳細訴說他兩年來為了讓公司振衰起敝，所做的種種努力。

陳述表功之後，他又針對反對勢力的各路人馬，詳盡控訴他們從前在公司如何推諉卸責，之後又如何阻礙他帶領公司撥亂反正，甚至連他們過去所做所為，之前在咖啡廳約談榮茂說過的事，乃至有爭議可能涉及犯罪的事都用文字書寫出來。

這篇出自公司領導人，有別於耳語傳言，全部訴諸詳盡文字，赤裸裸的政治鬥爭宣言，讓所有收到郵件的員工看了，都不免心驚膽顫、冷汗直流。

榮茂收到後在電腦螢幕花了些時間看了一遍，只覺心跳加快、血壓上升。為免影響手頭上的工作，他把它列印下來，帶回家又反覆看了兩遍，越看越驚慌，越看越害怕，徹夜難眠。

從這一天開始，公司裡原本因為業績反敗為勝，又增添了許多年輕新人帶來的高昂熱烈氣氛，瞬間凝結沉寂。榮茂和其他熟識的同事們，除了私下吃飯聊天，會針對郵件內容小心談論外。在辦公室裡，他們除了公事外，全都噤若寒蟬，以免無端陷入這山雨欲來的狂烈整肅中。

對於那些相信歐總過去所傳達正直透明理念的員工來說，面對這樣的鬥爭，他們只能繼續認真工作、謹守本分，靜觀大老闆針對這些過去尸位素餐，位高權重的老長官們的反擊。

而對熟諳官場文化，善於趨炎附勢的人來說，這卻是個選邊站，升官發財的大好良機。

就像大陸過去的文革一樣，許多能力素行不佳的人，旗幟鮮明地在公司裡夸夸而談，表明立場，依著歐總郵件裡所說的事，不論自己過去知道不知道，相信不相信，都彷如親見地拿來猛烈抨擊以高總為首落敗的反對勢力，打得反對人馬毫無招架之力，全都成了過街老鼠。

榮茂冷言旁觀，發現這當中有許多搖旗吶喊的人，過去都是與高總、詹副理和胡課長這些所謂反對勢力私下來往密切的人，轉向反目之快令人瞠目。

每次聽到他們高談闊論，唯恐天下人不知時，想到他們內心裡，其實是害怕過去諂媚高總的紀錄，可能招來現任歐總的打壓時，榮茂就不禁想起《官場現形錄》這本書。

榮茂後來又發現，更高明的是那些做事向來低調，與人為善，從不輕易說出心裡話的人。這些人同時取得歐總跟高總的信任，以為他們跟自己站在同一陣線。

高總集團的言行舉止，多是在這些人扮演臥底腳色，貌似恭敬地聆聽高總一千人等訴說完後，再私下轉知歐總的。

整個的藤田公司，在經歷了曹總後期產品不齊的低迷氛圍後，好不容易盼來能人，帶領公司突破瓶頸、欣欣向榮。現在卻又陷入由強人掀起的狂烈內部鬥爭中。

儘管公司一片混亂、八卦不斷。早已看透官僚體系，厭倦政治鬥爭的榮茂，除了工作之餘聽聽同事閒談，或是偶有同事打電話向他通報內幕消息，他並無興趣去打探傳遞這些仿如連續劇劇情一般的斐言流語，只仍舊專注在自己的工作上和讀書上。

* * *

榮茂一直很好奇，從高總接任總經理前，面對這一連串的爭鬥，曾經一言九鼎，不管高總或歐總都得敬畏三分的老長官曹總，究竟支持誰？又扮演了甚麼腳色？

儘管雙方砲火四射、流言滿天飛，但是榮茂左耳來、右耳去地，從來沒有聽過任何一方膽敢炮打曹總。

榮茂不相信在這樣嚴重的爭鬥中，曹總會沒有影響力。不過以過去資歷僅次於他的高總，向來對他也只是維持表面恭敬，並且在他卸任後立即調動曹總人馬來看，曹總就算沒有表明支持歐總，也應該曾經在背後暗助他。

曹總退休後謹守份際，幾乎沒有再走進公司來過。除了董事會或高層邀宴，一般聚會他也不曾出席。不過他經常私下在公司附近熟悉的餐廳，邀宴少數高階主管和熟識的舊客戶。

一直到多年後，榮茂偶而在路上遇到他，仍然會像對待神祉一般，恭謹地向他致敬問安。

21 痛失職場互勉好友

隔年，一個突發事件重創了榮茂。

一直以來與榮茂在職場上相知相惜，為人正直工作勤奮的英豪，在大陸被搶劫殺害了。

榮茂乍聽傳聞不敢相信，他立刻放下手上的工作，四處向熟識英豪的人和他在大陸的太太求證，很快地確定了這晴天霹靂的事實。

原來英豪半夜開車，經過空蕩蕩的工業區，被外地來找不到工作的缺錢流民攔路搶劫，並且當場被殺害。

不只榮茂哀痛欲恆，前一年才跟他一起去蘇州找英豪，接受他熱情款待的同事們，聽到消息後，也都感到十分的震驚與哀慟。

在等待英豪遺體火化送回台灣的兩天裡，榮茂食不知味、夜枕難眠，不斷地想起自從進公司以來兩人交往，乃至於他兩次邀約一同創業的種種往事。

他也想起去年英豪半夜開車在蘇州工業區時，回答他 KTV 盡是台灣歌時所說的話：

「這裡本來就像自己的地方一樣。」

榮茂這時才明白，英豪真的是錯把他鄉當故鄉了。

骨灰運回台灣時，榮茂和許多朋友同事，一路從他在台北的家，送他回東部老家，接著就舉辦了告別式，將他安奉在一處山明水秀的墓園。

看著原本壯碩又鬥志昂揚的老朋友，毫無預警地變成眼前一罈骨灰。再看看他淚已哭乾的太太，和他一向疼愛的一雙兒女，榮茂第一次深切的體悟到造化弄人。

在這之後將近一個月，他表面上作息如常。但是只要一閒下來，他能想的就只有跟英豪有關的事。他一直努力維護平靜的心，對於英豪久久難以釋懷。

英豪的太太辦完喪事，就又帶著孩子回到大陸，和他的合夥人們，含悲繼續經營公司。

＊　＊　＊

一個月後為了散心，榮茂應北上參加英豪喪禮的平興之邀，趁著請假回老家時，去台中分公司找平興跟以前在台北時愛開他玩笑，現在主管台中分公司的張黎明副理。

張副理看到榮茂很高興，依例玩笑地問他：

「怎麼來了？想調台中是吧？」

趁著分公司沒事，張副理跟平興帶著他，去副理調任台中後最喜歡的餐廳吃飯。吃完飯後，又帶他去一家據副理說是他自己開發的極品咖啡廳喝咖啡。

榮茂到了那裡才知道，原來咖啡普普通通，倒是裡面有一位女服務生貌如天仙，堪稱極品。

趁著那女孩送完咖啡走回櫃台，副理望著她的背影推了榮茂一把問：

「是不是極品啊？」

「極品中的極品」榮茂俏皮地答道，之後三人一陣笑。

回公司的路上，副理又玩笑地對他說：

「回去台北要認真上班，不要一天到晚想著調台中喝咖啡喔！」，榮茂聽了回道：

「唉！副理，你帶我來看，又不准我想，這不是折磨人嗎？」三人一陣笑後，張副理說：

「以前在台北看你挺老實的，怎麼我才離開不久，就這樣油嘴滑舌的？」

「近朱者赤嘛！」榮茂又回道。三人就這樣一路說說笑笑回到了分公司。

到了分公司後，榮茂看到被降調的胡課長，落寞寡歡地坐在辦公室後面一角。基於他過去對自己的愛護，榮茂禮貌地走向前去打招呼。

胡課長見了他才露出笑容，親切地問了些話後再無多言。榮茂便以要趕火車為由，向分公司的同仁們道別，由平興開車載他去車站。

一路上榮茂問了胡課長狀況。一如所料地，原本話就不多的他，調來台中後更少話了。

一趟台中行，掃除了榮茂自英豪意外過世以來的抑鬱。這以後，他得空便回台中，到分公司拜訪這些友善風趣的同事們。

22

掌握機遇累積資產

在歐總高總鬥爭告一段落，公司業績穩步上升的同時，台灣的房地產價格，也因為經濟持續成長不斷飆升。

手上擁有三間房子的榮茂和曉琪，資產價值也跟著水漲船高，扣除銀行貸款後，資產淨值大增，跟當初結婚時一窮二白相比，小倆口已經富有許多。

因為一雙子女陸續要讀國中高中，曉琪於是結束了書店的生意，專心照顧小孩的學業。而也因為孩子漸漸長大，原來在市區買的小公寓變得擁擠，於是他們賣掉了郊區原有的書店和舊家，在台北市區買了一幢寬敞的新家，不用再背負房貸，一家人自此才安定下來。

日子過得比較沒有那麼緊迫。榮茂也常常跑下台中，去找張副理和平興。

張副理調到台中之後樂不思蜀，一有空就開車往郊外跑。假日經常不回台北，召喚他的太太小孩下台中去，帶著他們一起遊山玩水。

張副理個性活潑開明，台中分公司在他帶領下，又從吳興福協理帶領時的幽暗時期，回復到生氣勃勃的氛圍中。他頭腦聰明，總是隨意應付就能把工作處理得井然有序，讓台北總公司的長官滿意。

有別於藤田公司日本風格鮮明的其他嚴肅主管，他總是笑口常開、親切隨和。除了善待自己的部屬。他跟員工的家人也都熟悉，假日出遊，經常邀員工家屬同行，榮茂有時見他跟小朋友玩在一起，毫無主管的架子。

有一次在一家茶餐廳的院子，榮茂見他一把抱起平興念幼稚園的兒子坐在他膝上，打趣地問他說：

「小凱，阿伯問你，你長大以後要做甚麼？」

「我……」小男生搖頭晃腦地想了想，說：「我要跟你一樣當副理。」

「哦……」張副理聽了哈哈大笑說：「副理太小了，你知道我上面還有一個比我大的總經理嗎？」平興兒子聽了，立刻不假思索地說：「那我要當總經理。」張副理聽完又哈哈大笑，對著在一旁搖頭苦笑的平興和他太太說：

「你兒子有志氣。」然後又轉頭對大家說：

「聽到沒？大家聽到沒？坐在我腿上這位是我們公司未來的總經

理……」說完指著一旁的平興道：「那位是他爹，也就是太上皇，以後不可以再叫老皇帝做這做那的，聽到沒？」

眾人聽了哄堂大笑，跟著起鬨回說：

「遵旨……」弄得平興跟他太太手足無措，尷尬不已。

這一下午大家都拿這事玩笑，不敢叫平興拿飲料，不敢叫平興開車，見了他兒子總經理長總經理短的叫喚，還有女同事蹲在他兒子面前張開雙手說：

「總經理來，阿姨抱抱。」大家聽著已經笑翻了，那女同事抱起了平興兒子以後又說：

「總經理，明天要幫阿姨加薪水喔！」

「好！」小男孩立刻乖巧的點頭，一群人聽了笑到噴淚。那女同事在小男孩臉上親了一下輕輕地說：「乖……」

張副理聽了立刻對著一旁的平興喊道：

「喂！太上皇，你兒子答應的喔，明天扣你薪水轉給人家。」

眾人聽了又是一陣哄笑。

台中分公司在張副理的帶領下，氣氛就是這樣完全不同於藤田公司的其他單位。

除了榮茂以外，已經升任課長的姜康澤，也經常跑到台中找張副理。他也喜愛戶外活動。在台北時他就和張副理熟識，兩人經常一起去釣魚踏青。

榮茂雖然長期與他共事，不過緣於他跟曹總的關係，他看似笑咪咪的娃娃臉下，對人甚有防心。玩笑以外，他很少說自己的心裡話，更不曾談論起他自己家裡的事，所以過去榮茂跟他少有交往。這時因為常在台中和他相遇，才開始跟他熟悉，

* * *

23

政治鬥爭惡習生根

隨著藤田空壓機市占率提升，業績跟獲利不斷成長，歐總經理在公司的地位日益穩固，直逼當年曹總在公司的聲望。因此，公司內部反對他的勢力，在他強力打壓下，終至反抗無力，棄甲投降，再無任何掙扎的餘力。

但是徹底被激怒的歐總，持續著他除惡務盡的戰鬥精神，又或許擔心野火燒不盡、春風吹又生，他奮戰不懈接連地又發了多封電子郵件給員工，在原來的論述中不斷添加素材，一而再地強調他對公司的貢獻，和反對勢力對公司的傷害。

幸好在經歷收到第一封郵件的恐慌震驚後，接下來鞏固領導中心的反覆訓示，對於員工們來說，也就比較不具震撼效果，大家漸漸以平常心看待閱後即刪。

腥風血雨般的內戰結束了，戰後論功行賞。

除了之前獲得升遷的人以外，其他護主有功、臥底建功，還有竭力輸誠，奮力向歐總靠攏的人，都陸續獲得拔擢提升。而在這些人當中，居首功的，是曾經為歐總所猜忌的邱協理。

他在這場鬥爭中盡心盡力，除了善用他自己與人為善的敦厚形象各方討好外，也替歐總運籌惟幄，利用所有與他交好的部屬，包括吳康順副理、榮茂原來的副課長王武治、楊知升、李明南等人，或明或暗的圍繞在歐總周圍，執行歐總交派的任務，有效反擊高總人馬，護駕有功。之後他終於取得了歐總的完全信任，升任副總經理。

榮茂的老長官，一向與邱副總交好的吳康順副理升任經理。而高雄分公司主管，曾是邱副總舊屬的吳輝錄副理升任經理。

台中分公司愛開玩笑的張黎明副理，雖然與邱副總無甚淵源，甚至在之前邱副總接替認真積極的歐總擔任自己在台北的主管時，對於邱副總消極領導的作風時有微詞。但是個性實事求是的他，在人前人後向來也對歐總的領導風格不吝推崇，

聽說他在高總人馬趨意攏絡攻擊歐總時，也對許多不假傳言直言反擊，旗幟鮮明地支持再造藤田的歐總。再加上他能力與績效俱佳，所以雖然他不太可能獲得邱副總賞識舉薦，但還是在歐總親自拔擢下升職經理。

一向厭惡官場文化的榮茂，在這場鬥爭中只是冷眼旁觀，埋首於自

己分內的工作，既無戰功獲拔擢，也未通敵受懲處，依舊安安份份地上他的班，做他該做的工作。而因為業績表現優良，主管給予的考績也不差。

看了許多自中國古代官場到近代民國時期的政治鬥爭，榮茂極端厭惡這類不顧團體，只圖私利的自私行徑。

作為一個商業組織的員工，雖然他也不齒高總之倫不問績效只爭權力的官場惡習。但是既然歐總以他的實績證明了自己的能力與積極任事的成果，榮茂自己以為，認真工作貫徹執行歐總的策略，讓藤田公司持續成長，就是他作為藤田員工應該善盡的本分。

他一向認為政治鬥爭只應在政治領域的官僚醬缸中發生，民間企業講求績效，需要自謀生存，不應該讓太多不合理的思維，來影響企業的策略訂定和人才選用，否則會削弱了企業生存發展的競爭力。

雖然他知道，人性都是自私的。不管官場或企業，當升官發財的利益在眼前誘惑人心時，少有人能不為之心動。

雖然他也知道，不管在官場或企業，選賢舉能只是一個理想。在組織高層的心中，員工對於領導人個人忠誠與否，才是首要考量。

雖然他還知道，在非企業所有人，所謂專業經理人之間，政治鬥爭的規則就是非友即敵。不是你死就是我亡。個人的薪資紅利跟利益是首要考量，其次才是企業存亡。

但是上班多年、已近不惑之年又習於自省的他，也在看了這麼多的人性表現後，體悟到不管擁有多少財富名位，如果不能誠實面對自己，依照自己所願處世，終將只能惶惶度日，難以心安。

安內攘外數年後，距離歐總和邱副總需屆齡退休的時間剩沒幾年，在這幾年大張旗鼓的內部鬥爭後，員工有樣學樣，鬥爭文化深植人心，派系林立。

有別於曹總時代的只聞暗鬥不見明爭，在之後的接班人之爭中，內部鬥爭的病毒，已深植在藤田公司的企業文化裡。

＊　＊　＊

24

外派出國增廣見聞

年中過後，榮茂聽到一個傳聞，公司要派張黎明經理去管理菲律賓分公司。

藤田的菲律賓分公司，是在十幾年前，大約榮茂剛進公司時，為了配合當時政府的南進政策，跟許多台灣廠商一起去設立的。

隨著中國經濟的崛起，當時政府基於國家安全考量，認為不應該在經濟上過度倚賴大陸，所以鼓勵台灣廠商往東南亞發展。有鑑於大陸對台灣敵意未除，這樣的考量不無道理。

可惜囿於官僚制度，主其事者只為討好當權者，政策未經審慎評估與輔導，匆匆上路，許多台商到了當地，紛紛陷於對當地法規、運輸、民情不熟悉，原物料品質不佳，乃至官吏貪汙等種種困境，多數台商都以慘賠收場。

台灣藤田也遭遇了相同的困境，但是向來注重公司獲利，以維持自己在董事會份量的曹總，對於這項錯誤投資一直不肯認賠結束營業，因為一旦認賠認列損失，就會在當年度帳上，吃掉台灣總公司的獲利。儘管認列損失的原因明確，但是曹總始終不願年度的獲利數字滑落落人口實。

因為虧損並不嚴重，曹總說服了董事會繼續經營。但是對於這麼一家小小的海外分公司，他也不願意耗費太多心力管理，就只授權當時的高副總全權管理。

向來遇事能推就推的高副總，深知曹總的想法。對於英文及跨國經營毫無概念的他，也就行禮如儀地，隨便抓人派赴海外，只要有人管理讓它維持現狀，他也不願意為了它耗費精神。

之後一直到歐總就任後，依然沿襲著這樣的經營態度，只叫英文也一竅不通的邱副總負責。

然而海外經營不比國內。雖然只是一家小公司，還是需要經營管理。但是每次派遣台灣幹部前去，多是草率抓人，從不問經營能力，甚至連跟員工客戶溝通的基本語言能力都不具備，久而久之，自然問題百出、弊端叢生。

就在這樣積弊不斷的理由下，知名大學畢業，具備英文溝通能力的張經理，遂被歐總跟高副總選上，要去整頓這家問題叢叢的海外分公司。

很多年後，榮茂才知道，這是邱副總精心設計的一石兩鳥之計。

八月份，一輛載著香港觀光客的遊覽車，在菲律賓首都馬尼拉，被一名不滿的退休警察挾持。僵持十二小時候，菲律賓警方強行攻堅，造成八名香港人質死亡，引起香港當局強烈不滿。

＊　＊　＊

榮茂沒有想到的是，因為自己英文能力也不錯，每每有外國客戶來公司參觀，經常都是由他接待。這樣的印象，讓張經理在需要有人一起去海外輔佐他管理時，想起了榮茂。

一天下午在台北總公司，張經理第一次詢問他外派的意願，榮茂只考慮三分鐘，就答應了。

之後他立刻打電話回家問曉琪意見，曉琪聽了也同意。沒有想到的是，當天晚上回家吃晚飯時，一向喜歡黏著他的小兒子丁丁，一聽他說要派駐海外，居然丟下碗筷，哭鬧著說：

「怎麼可以這樣？我還那麼小，你怎麼可以就丟下我跑到國外……」說完衝進房間把房門鎖上，任憑榮茂和曉琪在門外怎麼勸說，就是不肯開門不斷哭鬧。

鬧了將近一個鐘頭，榮茂心軟，只好走到他房間門口敲門對他說：

「好了好了！我不去了……」房裡這才安靜下來，曉琪走過來問榮茂：

「可以嗎？」

「不知道，明天跟張經理說說看。」

第二天他據實向張經理報告，張經理表示理解，並沒有勉強他。但是到了下午，他又被邱副總召去會議室，花了許多時間，說是一定要他幫忙。榮茂無法拒絕，只好答應再跟家人商量。

沒想到這天晚上更淒慘，他才說完副總找他，他非去不可，兒子氣沖沖地又衝回房間去，邊哭邊罵他騙人，而一向乖巧的女兒見了，也放下碗筷，坐在沙發上淚眼汪汪。

這次榮茂學乖了，他見了立刻投降，大聲地說：

「好好好，我明天去跟我們副總說，我不去了……」

兒子聽了這才開門出來，一雙兒女破涕為笑，曉琪在一旁替他為難地看著他。

隔天上班，他立刻跑去求見邱副總，告訴他家裡發生的事。副總也沒再為難他，只叫他再考慮考慮。

這天下午榮茂在公司外的走廊跟客戶講手機。才剛講完回頭，就看見歐總經理站在他身後不遠處抽菸。榮茂見了趕緊向他問好。

「小江，菲律賓不錯啦！有個海外經驗也很好啊！」歐總邊抽著菸邊對他說。榮茂立刻明白自己非去不可了。在歐總又重述了前一天邱副總說過的話，要他好好考慮離開之後，榮茂立刻拿起手機打給曉琪：

「老婆，總經理跳出來了，不去不行了，家裡那兩個小的，拜託妳先溝通一下……」

不只家裡的老婆小孩。因為先前才剛發生香港觀光客在菲律賓被槍殺事件，榮茂的媽媽一聽到他居然要到這樣危險的地方工作，也十分震怒。榮茂又花了許多時間才說服她。

臨行前，歐總跟邱副總分別召見他，邱副總滿面笑容拍著他的肩膀說：

「小江，我英文可是一竅不通，只會 How are you，Good bye 跟 Thank you 三句，那邊就全靠張經理跟你囉！」榮茂赴任後很快就明白，他說的的確是事實。

就這樣，榮茂離開了台灣，開始了三年海外艱苦的職場歲月。

25 奔赴異域蓄勢待發

懷抱著勇於挑戰新環境的決心，榮茂提著行囊奔赴海外就任。

在馬尼拉國際機場入境後，他先是感到一陣啼笑皆非。這個國際機場，竟讓他想起台灣四十年前的公路局車站，只差沒有人隨身攜帶雞鴨等禽畜，實在是落後得超乎他的預料。

台灣同事在機場外接了他，一路所見，盡是灰灰綠綠的暗色系建物，和滿街穿梭的白鐵拼裝車 Jeepney。除了少數新車，大部分車輛都屬骨董級，榮茂還看到早在台灣絕跡，照後鏡在引擎蓋前方的裕隆速利汽車，感到十分驚喜。

路上的行人看起來也都灰灰黑黑的，許多衣衫襤褸的窮人，在路邊圍著停紅燈的車輛，兜售礦泉水、香菸、口香糖和雞毛撢子等等日用品。

「千萬不要買這種水來喝，裡面裝的都是不乾淨的自來水。」台灣同事提醒他。

幸好藤田在這裡的分公司，一秉台北總公司的日式風格，看起來乾淨明亮，不像榮茂一路所見灰灰暗暗的色調，讓人感覺沉悶。不過事實上他也沒有太多心思，去在意周遭的環境。

他一步入三十幾人的大辦公室，許多當地員工好奇地看著這位新來的業務主管，有人對他點頭微笑，他跟大家點頭致意後，其他兩位台幹來跟他握手迎接他。

接著他們就帶他走到大辦公室一隅的獨立辦公室，去向在這裡擔任總經理的張黎明經理報到，榮茂在這裡也升等經理。

「總經理，江經理到了。」資深的財務經理林友順先敲門進去向張總報告。

「來了喔？快進來……」張總聽說榮茂到了很高興，把他和林友順叫進去，在他辦公室裡關心地詢問了榮茂從台北一路過來的狀況，之後跟他說：

「林經理來這裡很多年了，還娶了菲律賓老婆，待會兒讓他跟你介紹一下這裡的狀況。」說完又轉頭對林友順說：「你先帶他去認識一下各部門，三點叫所有台幹到會議室開會。」

「是！」林友順應允，兩人便退出張總辦公室，由林友順帶他到各部門介紹認識。

三十幾人的辦公室看似不小，其實也只有業務、總務、維修和倉管四個部門。當地生活步調悠閒，工作節奏緩慢。這樣的人力配置，相較於台灣，營業額卻只有同樣規模的三分之一。

但是相對於台灣總公司的組織齊全、制度完善，這裡卻是十分的精簡，每位台籍幹部，跟在台灣相比，都要分擔三、四種以上的工作，包括市區內空壓機產品的運送，也都要用公司自己的卡車載運。而不是外包給貨運行負責。

大略把辦公室跟倉庫逛了一遍，又在林經理協助下湊齊了辦公桌所需的文具。榮茂就在其他先到的三位台幹陪伴下，聽他們述說本地的工作和生活的一些軼聞趣事。

下午三點，張總準時在會議室召集台幹開會。

他先是正式向其他台幹介紹榮茂，也向榮茂介紹了其他台幹，以及各自職掌的工作。然後分發了工作目標跟計畫，分別指示各人，針對分公司的政策目標，提示各人須完成的工作。

在會議的最後，他突然做了一個讓榮茂詫異的指示：

「以後如果我外出或回台灣不在辦公室，你們有事就問江經理。」

榮茂聽了，除了感到受寵若驚，也對自己能否擔當這樣的託付覺得惶惑。

「阿順仔，晚上大家一起吃飯，歡迎江經理加入我們。等下記得去訂餐廳。」會議結束前，張總叮嚀林友順道。

「是！」林友順恭敬地答應，張總便步出會議室，結束會議。

榮茂回到自己座位，很快速地就紙本文件和電腦裡的資料瀏覽了一遍，先對自己的工作重點做了全盤的認識，並且把有疑問的部分做了標示，準備明後天先把這些疑問弄清楚。

晚上張總在一家傳統菲律賓餐廳為榮茂接風。這是榮茂第一次吃到純正的菲律賓料理，覺得很不錯。尤其在當地市佔率很高的本地啤酒San Miguel，清淡不嗆辣的口味，更是獲得所有台幹一致的喜愛。

這晚大家在異鄉，各自分享了對當地風俗文化不同的觀察，或笑談、或反思，初到此地的榮茂收穫甚豐。

餐後司機送大家回到住所。

還好公司為了他們在當地工作的安全，安排他們住的是一幢新式大樓，進出有守衛管制，門禁森嚴。

夜裡他透過 Skype 跟家裡聯絡，總算大家都放心了。

26

異國異俗無畏征戰

在馬尼拉待了一個月後，榮茂發現這裡並不像在台灣時想像的那麼危險。

雖然因為貧窮，犯罪不斷。但是也因為這樣，幾乎所有的商店和大樓，都聘有配戴槍械的保全人員。而許多只有兩、三個櫃台的銀行分行，更是在玻璃門內外都有分別配戴長短槍的兩名保全員警戒著。

藤田公司也一樣，門口隨時都有一位帶槍警衛守護著。

除了軍警保全員外，菲律賓民眾擁槍的也不少。榮茂發現他許多員工跟客戶，身上或家裡都有槍，有時買了比較昂貴的名槍，還會拿出來向榮茂炫耀。

一開始榮茂看了很訝異，久而久之，也就見怪不怪了。

在這樣軍警與民眾槍枝遍佈的市區犯案，代價太高，成功率又太低。所以其實這裡的治安，是呈現一種恐怖平衡、亂中有序的現象。

白天在街上行走，只要裝扮不要過於招搖，不要往貧民窟的巷子裡或落後地區亂闖，基本上不太會無緣無故遭到搶劫或傷害。

相較於台、日、韓等這些高度追求效率的地區，這個被西班牙統治達三百年、一派拉丁作風的人民，處事態度完全不是那麼認真嚴肅。

一開始這造成榮茂在管理上的困擾，但是久而久之，習慣了他們的文化與節奏，只要在每次安排工作時把時間拉得比在台灣時稍微寬裕，榮茂的工作雖多，卻也都能如期完成。

透過這個與台灣不同的國家和市場，榮茂比較之後，又演繹出了應對所謂比較先進跟不先進國家經營的想法，

他此後在對照每日讀報的國際政經新聞中不同的市場裡，逐漸培養出了解讀台灣市場以外的國際觀。

* * *

有一個禮拜榮茂每天進公司上班時，都看到公司前面供貨車裝卸貨的碼頭旁，停了一部貨車。有兩名廣告公司的工人，在車旁黏貼他們藤田空壓機的廣告貼紙。

從週一到週四，榮茂每早下車進公司前都看到他們。正在納悶怎麼一部車貼了這麼多天，正好經銷商就打電話來向他抱怨：

「Sir，我們的貨車開去貼廣告，已經一個禮拜了，怎麼還沒好？我

們要用車啊！」
榮茂聽了答應查查看。電話掛斷後，他好奇地走到辦公室外觀察了一會兒。
只見其中一個工人拿了一張貼在貨車車尾的貼紙左比右比，另一人在後方不遠處察看，指揮他或左或右地調整，兩人你來我往地商量了一陣子，似乎取得共識了，車旁的人將貼紙貼在車後方，又跑去和同僚從遠處察看。
接著兩人討論了一下，發現貼歪了，於是張貼的那人又走去將貼紙撕下重貼，這樣貼了又撕幾次，他們發現貼紙的黏膠黏不住了。
於是張貼的人將貼紙撕下丟在地上，逕自往公司辦公室走去。另一人則信步走到倉庫旁的洗手間，趁隙在裡邊用涼水沖澡。
榮茂看了覺得好笑，又尾隨著張貼的工人走進辦公室，在自己的座位坐下，冷眼旁觀正在承辦廣告的女員工桌前借用電話的工人。等他講完電話走出去，榮茂把女員工喚來問道：
「Alin，他剛剛跟你借電話做甚麼？」
「打回他們公司啊！Sir。」Alin 不解榮茂問她的原因。
「打回公司做甚麼？」榮茂聽了含笑問她。「他說貼車的貼紙不黏了，叫他們公司再印一張送過來。」Alin 答道。

「等他們印完送來要多久？」榮茂邊笑邊靠在椅背上追問。Alin 側頭想了一下回道：

「大概要下午兩、三點吧！」

榮茂聽完再也忍不住，笑著跟她說：

「叫他別鬧了，已經貼了四天，經銷商打電話來催了。」在公司工作多年的 Alin 恍然大悟，明白了新來的主管為什麼在笑，她立刻機靈地笑著回答：

「yes！sir。」

「叫他們今天一定要貼完，把車還給人家。」榮茂不放心地又再交代。

又有一天，榮茂一早看到有工人在茶水間敲敲打打整修廚檯，到了中午還沒結束。

下午主管總務的林水順，得空跟他閒聊了一會兒。聊著聊著，榮茂只見他不斷望向茶水間，突然滿面怒容地起身走了過去，在裡邊斥喝了那工人幾句，又氣沖沖地走回自己座位。

「怎麼了？」榮茂問他。

「一件兩個鐘頭可以換好的木檯，從早上搞到現在還在搞……」阿順仔氣憤的說。

「不是都這樣嗎？」榮茂調侃地道。

「我剛才跟他說，這一件工錢就是五百塊，不跟他計時，他要搞到明天也可以。」

之後不到半個鐘頭，榮茂就聽到茶水間安靜了下來，又看到那個工人躡手躡腳地走到總務承辦修繕的女員工前面，請她進去茶水間驗收。

＊　＊　＊

27

入境隨俗強化溝通

隔天周末下午，榮茂跟台商們在咖啡廳聚會閒聊。一位在當地承包工程的台商吳老闆，跟榮茂說了一件更有趣的事：

「有一次我接了一件麵粉廠的工程，車程兩個鐘頭，需要六個工人去做一整天。早上八點我盯著他們把工具材料都帶齊，送他們出門，中午整台車連人帶車就回來了……。」

「你不是說車程兩個鐘頭嗎？」榮茂不解地問。

「是啊！來回剛好要四個鐘頭。」吳老闆叉起雙手說。

「那怎麼這麼快就回來？業主不在嗎？」榮茂聽了更疑惑。

「屁啦！」吳老闆悻悻然地鬆手道：「貨車開到客戶門口，開車那傢伙他老婆打手機給他，說他兒子發燒，要帶去看醫生……」榮茂聽了不敢置信地問：

「然後他就又把整車的人載回來？」

「沒錯！」吳老闆一掌拍在咖啡桌上：「你說你聽了會不會吐血？」

還沒說完，榮茂已經笑到噴淚，久久不能自己。

因為聽了太多台灣人在當地的遭遇，榮茂自己也很快地經歷了一些事。而他也很快理解，這就是本地勞工的現實狀況，他知道自己只能面對現實，因材施教。所以每每在交付工作時，他都習慣把當地員工當成幼稚園的小朋友對待。

對於工作的重點，還有需要給予的文件材料，他總是孜孜不倦、鉅細靡遺地交代，再加上當地熟悉公司作業流程的資深幹部協助，在帶領當地員工時，榮茂倒是不曾遭遇太過荒謬離譜的狀況。

榮茂為了提升藤田公司當地員工素質，請林水順替每位菲籍幹部訂閱 Time 雜誌和當地出版的商業書籍，自己不定時約談抽查，發現他們都很認真閱讀，程度不差。

針對一般員工，他也就各部門工作重點和流程，以及設置流程的原因和目的，分別在會議室開課，由自己親自授課解答，讓員工清楚管理階層要求的重點和目標。許多工作多年的在地員工，不時顯露出恍然大悟的神情。

他們長年像機器人一般按照 SOP 工作，卻也時常對公司的規定跟程序感到疑惑。現在他們終於知道設定這些規定的原因，不再投機取巧任意抄捷徑，減少了台幹管理上的疏漏。

榮茂花了許多功夫教育並和員工溝通，這也讓他深刻體會到跨國經商的難處。

*　*　*

在台灣，自榮茂這一代以前的男人，大部分都當過兵服過義務役。在面對海峽對岸共產黨軍事威脅，還有承傳自伍零年代反攻大陸的建軍思想下，台灣軍事訓練的力度是非常紮實而嚴格的。

所以新兵訓練中心有句口號說：「合理的要求是訓練，不合理的要求是磨練」意思就是不管合理或不合理，你都只能認命接受。

承受過這樣軍事訓練的榮茂和其他派駐海外的台籍幹部，儘管工作和生活上，都遇到了許多的不便和突發狀況，但他們都能任勞任怨，甚至互開玩笑、自我解嘲地把問題克服。

許多來到異地打拼的台商們也一樣，他們當中有很多隻身在外、單打獨鬥的，甚至比榮茂他們這些企業外派員工更辛苦。

企業外派員工至少還有母公司在資訊、資金上的支援。而他們卻是一切都要靠自己，常常因為資訊不足，咬牙開拓多年後，最終還是失敗收場。

有一次榮茂要提交市場報告給在台北的邱副總跟董事會，週日晚上他跟熟識的台商吃飯時，順口問他們：

「菲律賓人口有多少？」

「八千萬吧！」一位來菲已經三十年的張老闆立刻回道。

「有那麼多嗎？」另一位也已經來二十幾年的鍾老闆問。

「有啦！去年底就超過了」，還有一位來菲也已經二十幾年的林老闆接著道。

因為只是要用在文字論述中，不需要精準數字，所以榮茂就直接引用了人口八千萬的數字。沒想到隔天早上將報告傳回台灣，下午邱副總就打電話來質疑：

「小江，你人口八千萬的數字是哪裡來的？」

「聽台商說的」榮茂據實以告。

「我手上的資料去年就將近一億了，你以後數字要注意一下……」

掛上電話，榮茂趕緊上網查詢，發現正確數字果然是一億。

查完後榮茂靠坐在椅背上沉思良久。心想這些台灣鄉親，千里迢迢跑到這麼遠的地方，做了二、三十年生意，卻連這個國家有多少人口都搞不清楚。

他回憶起來此之後，聽到有多少人過去曾經做過甚麼生意賠錢。又有多少人，來了幾年資金賠光又回去台灣。

「海外市場變數當然多，但是如果連基本的市場資料都不知道，悶著頭幹，風險更高。」

想著想著，榮茂不禁對這些滿懷衝勁跟冒險精神，卻不知道預先收集正確市場情報、降低投資風險的同胞們感到悲哀。

從這天起，榮茂所有的報告資料，都自己上官方網站查詢。為免官方數據失真，比較重要的數字，他甚至還會上亞洲開發銀行、世界銀行跟國際貨幣基金會去多重確認。

又有一次，榮茂辦公室的女員工要結婚，請他擔任教父。

菲律賓百分之八十人民信奉天主教。在天主教的結婚儀式中，面對教堂裡主持婚禮的神父前方左右兩側的觀眾席上，分坐著新人的教父教母，教父教母的身分地位，標誌著婚禮的份量。

因為藤田的員工都屬當地中低資產階級，沒有尊貴的長輩襯托，所以身為外籍主管的榮茂欣然應允。

婚禮前的假日，榮茂在咖啡廳問台商們，當人家教父要包多少紅包？

「如果是華人大概要包十萬，還好你的員工是當地人，包兩萬塊就可以了」有人說。

「這麼多？」榮茂聽了嚇一跳，兩萬塊披索相當一萬四千塊台幣。榮茂在台灣，除了自己近親的晚輩外，從來沒有在參加婚禮時包過這麼大筆紅包。

「誰叫你要隨便答應當人家教父？」另一位台商老闆調侃他道。於是榮茂只好忍痛包了兩萬塊禮金，在教堂裡擔任員工的教父。

婚禮當天榮茂才知道，他包的禮金勇冠三軍，坐在他旁邊另外一位名列第二的教父，送的是價值三千塊的小型液晶電視。

這次婚禮後，在藤田公司未婚的年輕員工間，大家都競相走告，要趁著Mr。江派駐菲律賓期間，趕快結婚。

而後榮茂在任的兩年多裡，又有兩名員工結婚請他當教父。為了公平起見，他每次也都在欣然祝福同意，忍痛包上大禮後，暗自咒罵這些搞不清楚狀況的台灣同鄉。

許多台商雖然勇於跨海闖蕩，但是囿於語言的瓶頸，他們在異地只敢跟台灣人交往，很難將業務與人際關係擴展到同鄉圈外。

尤其一些因為種種原因無法留在台灣，只能流落異地求生存的小老闆們，更只能做少數台灣人的生意，無緣於外面龐大的本地市場。

* * *

28 海外工作的家庭困難

為了讓母親安心，榮茂外派後不久，就接母親到馬尼拉旅遊數日。期間只有周末由他帶著母親遊覽，其他時間因為忙碌，他只好指派員工帶著母親四處走走看看。

曉琪每隔兩三個月，也會從台灣飛來陪他幾天。不過幾乎都是在陪他加班當中度過。遇到長假，她也曾帶著一雙兒女來菲，一家人到度假小島歡聚數日，一解離散之苦。

有一天深夜，榮茂和台灣的家人講完Skype，他突然想起小時候，在鄉下老家幾位他熟識的外省籍老伯伯。他們單身在台，總是形單影隻地在村子裡閒晃。

榮茂隻身在外，儘管天天透過網路和家人見面說話，卻還是時時思鄉。而這些老伯伯們，少小離家後，不要說跟家人見面說話，根本連父母手足是生是死，都不一定知道。

想到這裡，榮茂不禁感嘆歷史的無情。

外派第一年，員工們早早探知榮茂的生日。依照菲律賓的習俗，生日的壽星要買蛋糕請大家吃。一早員工們紛紛祝他生日快樂，榮茂也入境隨俗，自掏腰包叫員工去買蛋糕請客。

深夜回到家，他一打開電腦跟家裡連線，發現螢幕一片漆黑，只隱約聽到家裡老婆小孩對話。突然間，螢幕前出現微微的燭光，燭光下有蛋糕，女兒捧著蛋糕，三個人在兩千公里外為他唱生日快樂歌。

唱完歌、許完願，兒子調皮地將一片切好的蛋糕放在鏡頭前，問他說：

「爸爸，好不好吃啊？」

他配合演出作勢在螢幕上舔了一下說好吃，心中覺得既溫馨又心酸。

對勇於挑戰工作的榮茂來說，外派獨立作戰、生活寂寞孤單，這些他都可以忍受克服。但是對於家裡的父母妻小，他就很難不一直掛在心上。

管理的主體是人，每個人都有自己的家庭親人。企業為了拓展市場，派員工赴海外征戰。如何讓這些戰將對家庭放心，心無旁騖全力作戰，實在是管理外派員工很重要的一環。

＊　＊　＊

榮茂外派報到後，就開始陷入馬不停蹄的工作中。

如前所述，藤田這家規模不大的海外分公司，只有5位台籍幹部。扣除張總經理，實際負責各項業務的四位台籍經理，有別於在台灣的分工，每個人都要分擔多項工作。

榮茂除了負責自己本業的業務銷售外，還要負責市調、企劃、製作報告。另外因為運送產品是由分公司自行負責，所以榮茂還要監督管制向台灣訂貨、倉庫管理、貨物運送、倉庫設備及貨車維修保養等工作。

此外，包括客戶委託施工的工程設計、施工。還有派對不斷的客戶應酬、例行的客戶拜訪、大型工程議價、政府或社團聚會，乃至貨款催收訴訟等等，所有與業務相關的工作，都沒有像台灣有組織完整的對應單位可以協助分攤，榮茂都必須自己負責監督管理。

雖然許多事務性工作，都已分派當地員工執行，但是緣於當地人自在隨興的民風，每每或出現重大疏漏、或在細微處不符合台灣總公司要求，所有工作及文件，榮茂都要細細審查無誤後，才能蓋章核可上呈，辦公桌上永遠堆積著又高又厚的待審文件，工作十分繁重。

此外，因為張總的信賴及指示，其他部門的同事，常常都會就他們的業務與榮茂商量。尤其是負責售後維修服務的服務經理鄭進財，雖然技術優良，但是完全不懂英文，與員工溝通都要利用電腦上的翻譯軟體雞同鴨講。很多即時工作，也都需要榮茂協助溝通翻譯。

張總跟榮茂初到此地時，都對公司倉庫的管理感到吃驚。倉庫裡不僅未按不同機種分開排放，甚至連新品跟故障品都夾雜堆置。不但每次出貨要到處找貨，盤點時倉庫裡的實物更是常常與電腦裡的數字不符。

榮茂到任後的第一件工作，就是依張總的指示，花了將近一個禮拜的時間，押著倉庫員工將產品分類存放，並且在地上用油漆畫線，以區別不同產品的存放位置。

接任不到三個月，榮茂也發現全公司的管理流程問題重重。有些起因於過去台幹對於當地員工不信任，在權限和流程中設下重重障礙，導致效率低落。

有些看起來是多年前製訂的程序規定，到現在早已不合時宜，但是蕭規曹隨沿用至今。可能因為工作繁忙，沒有人做系統性的檢視跟調整，導致處理程序跟時間冗長，浪費了許多的人力資源。

榮茂發現，整個制度流程不改善，不只他終將鎮日埋首於繁雜無謂的工作中，他所帶領的業務團隊，也將浪費許多時間精力應付這些官僚程序，非但難以發揮戰力擴展業務，更將因持續不斷地修改訂正違犯這些繁文縟節的雞毛蒜皮文字錯誤，耗費太多不成比例的人力物力。

這是向來重視效率，跟外派後滿懷開拓業務雄心的他所不能容忍的。

所以，儘管每天事務性工作繁多，他還是努力地提高自己應對工作的速度，然後不斷抽空檢視整個流程，在兼顧防弊與興利的考量下，提出了一套作業流程改善方案，在例行性會議中向張總提出。

企業員工總是保守且不喜變動的。提到變動，他們很難想像變動後對自己是好是壞，即使看起來可能有好處，但是只要有一點點可能的風險，或是自己必須調整習慣適應新的工作方式，便會使他們傾向於維持既有的作業方式，以求心安。

榮茂一邊著手整理改善流程，一邊還得不斷跟相關的其他台幹和本地幹部討論溝通。

榮茂流程改善的提案，引起了林水順的反對。

29

積極務實改善體制

被公司派駐菲律賓多年，娶了當地太太，也買了房子定居的林水順，是一個膽小卻務實的人。台灣企業薪水加上外派的加給，讓他在當地過著優渥的生活。他很珍惜藤田的這份工作，小心翼翼地守護著，也很謹慎地看護著公司。

所以儘管他職司總務與財務，只求安全與穩定，對於業務拓展並不積極，跟榮茂的經營理念時有出入。但是榮茂敬重他是位盡忠職守的同事。

加上他來菲多年，比較熟悉當地情形。所以榮茂遇到兩人意見不同時，總是會耐心地提出自己的想法和目的與他溝通。往往只要能將道理說清楚，阿順仔同意之後，都會盡心盡力地幫榮茂將工作完成。

但是這次榮茂提出的改善流程變動太大，又鬆動了長年以來層層的嚴格管制，將部分權限授予當地主管，讓林水順覺得憂心不安。

「我們早期曾經完全授權發生弊端。」他在會議中提醒大家一件初設立時的往事。

「所以我這次只提出部分授權，最後還是要我們台幹審查核可啊！」榮茂解釋道。

其實榮茂在修改作業流程跟規定期間，也已利用機會跟包括張總在內的台幹討論過，大家幾乎都同意制度流程必須改善。但是主持會議的張總為求周延，還是不斷鼓勵林水順提出他的疑問，由大家討論釋疑。

「其實說實在話⋯⋯」阿順仔最後提出了他真正的擔憂：「這次江經理提出的制度改革我也覺得很好，可以大幅提升我們的效率，可是⋯⋯」他說著說著遲疑了。張總鼓勵他：

「沒關係，你說啊！今天大家都是為了公司好，關起門來有話直說。」阿順仔聽了，清一清喉嚨接著道：

「我在這裡這麼多年，看著許多台灣同事來來去去，幾乎沒有一個可以清楚用英文跟在地員工完全溝通⋯⋯」他停頓下來看了張總跟榮茂一眼，又繼續道：

「張總跟江經理，是我經歷過英文最流利的台幹，如果是這樣，改善流程跟授權沒有問題，可是我們一般三年一任，等你們兩位任滿回台灣，再來的同事如果又不懂英文⋯⋯，會有問題。」他說著說著語音漸弱。但是他一說完，會議室裡一陣沉默，所有人聽完都表情凝重。

這確實是榮茂事先沒有考慮到的變數，榮茂聽完立刻迅速地又重新考慮了自己提議變動的部分。張總聽完沉思了一下說：

「可是，我們也不能因為公司未來可能選人錯誤，就任由錯誤的制度一直爛下去吧？」說完他轉身朝著榮茂問：

「江經理，你怎麼說？」

「我覺得林經理說的這個因素影響很大，我在思考改善流程的時候，完全沒有考慮到這件事，我認為有些地方要修改，以防萬一。」榮茂認真地答道。

「那林經理，你覺得要修改設關卡的地方多不多？」張總問林水順。

「應該不多，因為依江經理的設計，本來就只是部分授權。」林水順謹慎地回答。

「好。」張總這時拿起他桌上的改善方案文件說：「既然不多，那就趁著大家都在，我們逐條討論，針對你們各自擔當的部分，有意見要提出來……」。

經過了一個鐘頭的討論，修改了三個部分，在所有台幹都無異議的認可後，榮茂提出的流程改善方案終於付諸實施。

「還好你有想到。」會議結束回到座位時，榮茂以感激的口吻對鄰座的阿順仔道。

「這樣改了以後，我們就不會浪費太多時間在事務工作上了。」阿順仔也對榮茂的改善方案給予肯定。彷彿鬆了一口氣似地與榮茂相視一笑。

就這樣，在榮茂悉心設計溝通，台幹們也敞開心胸、目標一致的努力下，改善流程後的分公司工作效率立即大幅提升。

這一年三月，日本東北發生了因地震引發的大海嘯，重創日本產業。

＊　＊　＊

在透過改善流程後，大家不再無頭蒼蠅似地，鎮日埋首在文件跟電腦作業裡。

在請外包商修改電腦核可流程，以配合新流程的同時，所有的台幹，也分別召集當地員工，將更動後的程序跟注意事項逐一說明。

員工們聽了都很高興。一則授權當地幹部，體現了對當地人的信任。二則經常為了十塊二十塊錢，長年耗時在冗長的流程中，許多例行工作都要等待台幹核認，他們經常迫於時效承受壓力，還得不斷面對客戶的催促抱怨，早已感到倦怠無奈。

現在，台灣主管們終於肯面對並解決這長期以來的障礙，讓他們精神為之一振，士氣大作。

無奈天不從人願。好不容易處理完內部管理的一大難題，台北總公司卻又不斷為這家慘澹經營的海外分公司製造麻煩。

為了控制庫存，藤田菲律賓公司的倉庫無法預留太多產品。每每業務員在外努力，好不容易爭取到大筆訂單。但是從分公司向台北訂貨，等土城工廠生產完成船運到菲律賓，需要長達三個月的時間。

而許多競爭對手只消一個月就可以交貨。這成了客戶購買的一大障礙。

榮茂到任後不久就發現這個大問題，一心想要開疆闢土、擴大銷售的他，為此不斷向台北的邱副總求助，也向張總報告，要張總協助請求總公司幫忙。

然而不情願地兼管海外分公司的邱副總，每每虛與委蛇，總說他要請工廠改善，實則他從來不曾跟工廠連絡。半年過去了，情況毫無改善。

有一次，榮茂打電話回去求救，邱副總不在，他的助理細聲地跟他說：

「江經理，你不用再找他了，沒有用啦！」

「副總到底每天都在忙什麼？幫我打個電話給工廠，有這麼困難嗎？」榮茂忍不住抱怨。

「你知道的啊！」助理壓低音量嘲諷地道：「美食、美酒、打高爾夫，你不要再打擾他的逍遙生活了，沒用的啦，只會惹他厭煩。」榮茂聽了，整個人癱軟在他的椅背上。

除了新產品，先前賣出的產品維修保養所需的零件庫存也不足。好不容易招攬的客戶買了產品，一遇到故障，等待零件要兩個月，客戶買過一次以後就不敢再買了。

為了這樣的困境，張總在多次請求無著後，跟邱副總起了衝突。他向來對邱副總遇事即縮的官僚態度不齒。邱副總也對張總毫不掩飾對自己的輕蔑不滿。兩人此後衝突紛爭不斷。

「將帥無能，累死三軍！」有一次在跟台北開完視訊會議後，在會中跟邱副總激烈爭辯的張總憤恨地罵道。

求助副總無望，企圖心旺盛的榮茂，在取得張總同意後，只好追加向台灣訂貨提高倉庫庫存。但這也只能稍稍緩解缺貨的壓力，遇到量大的訂單仍然無法應付。

即使如此，力求安全穩定的邱副總，不管他們業績提升多少，還是在每個月的視訊業務報告中，不斷地指責他們的庫存超出預算數字。

深知邱副總工作態度的張總和榮茂，決定不理會他的吹毛求疵，仍然努力地增加訂貨提高庫存，藤田菲律賓分公司的業績，在將士用命的高昂士氣下逐步攀升。

「將在外，君命有所不受」張總這樣對榮茂說。

＊　＊　＊

30 將帥無能艱苦作戰

研讀了許多包括管理學大師彼得．杜拉克著作在內管理專書的榮茂，本著不教而殺謂之虐的想法，在管理員工時，總是會不厭其煩地將工作的目標和注意事項交代清楚，以防止他們拉丁民族式隨興的鬆散態度下，在執行時產生偏差。

在遇到重要工作時，除了開會口頭交代，開完會後他還習慣再用白紙黑字，將工作重點用電子郵件傳給所有參與人員，並夾帶所需附件資料，避免因溝通不良漏失。

因為號令明確，榮茂帶領的業務部門員工，不曾發生嚴重錯誤，偶而犯小錯，榮茂也總是隨著他們在嘻笑怒罵中口頭告誡。

雖然他曾經開除員工立威，不過大家很清楚被開除的人犯的錯誤顯而易見，所有員工都一致認為被開除的人罪有應得。

他們知道榮茂是一位講道理的主管，但也知道他的紅線不可輕觸。而榮茂最常掛在嘴上的一句話，就是：

「Be reasonable！」（要合理！）

公司裡有一位調皮貪玩的年輕業務員 Ronald，很愛耍寶，榮茂跟張總都很喜歡他。偶逢假日，他會邀張總跟榮茂出遊，到許多他們不知道的有趣景點遊玩。

榮茂在當地第一次拿槍射擊，就是由他帶了自己搜集的六把各式長短槍，帶榮茂到深山裡打靶。

榮茂連打了半個鐘頭，幾乎把一棵樹都打爛，很是過癮。假日隨著他四處吃喝遊玩，花費不多，卻都十分愉快。

儘管如此，Ronald 工作態度散漫，典型的拉丁作風，業績跟收款狀況都不理想。

榮茂年底打考績時，為了他反覆思索十分頭疼，最後他還是決定公平處理，把 Ronald 的考績打得很差，並且把他叫到自己桌前，將數字攤給他看，清楚明白地表示了自己的為難。

Ronald 聽了不以為意，依舊一派拉丁風情，笑嘻嘻地跟榮茂說沒關係。

倒是考績表送給張總後，張總為此把榮茂叫去詢問原因。榮茂據實回答：

「老闆，您也知道我一向很疼他，為了打他考績，我也傷透腦筋……。不過，最後我還是決定公平處理，這樣以後其他員工才會服氣……」張總聽完沉思了一會兒，然後表情遺憾地跟他說：

「你說的有道理，就照這樣吧！」

有別於過去台幹依個人喜好打考績，在地員工聽到經常陪老闆遊玩的 Ronald 考績被打這麼差，都感到吃驚卻也服氣，紛紛奔相走告。

在底線清楚的情況下，一般守規矩的員工對榮茂並不畏懼。他們私底下總是把榮茂當成自己家裡的叔叔或哥哥。平常愛跟他開玩笑，假日也經常邀他一起同遊。

榮茂幾乎去過所有他手下員工的家，也認識很多他們的家人，建立了工作以外的情誼。他認為現代管理帶人要帶心，唯有自己真心對待員工，他們也才可能真心對待自己。

* * *

31

開疆拓土渾身是膽

許多身在社會安定、治安良好的台灣，覺得荒誕可怕、難以想像的事，在菲律賓卻是司空見慣、見怪不怪，經常會遭遇的狀況。

有一次，榮茂跟著員工，開了十個鐘頭的車，到鄉下去主持一位女同事的婚禮。下午在教堂的婚禮結束後，當天晚上新人的所有親友們，都聚集在新郎位於一片椰子樹林裡的家中，歡樂地唱歌聚餐到深夜。

因為跟這些親友們並不熟悉，大家又敬他是外籍主管，所以除了向他敬酒邀他唱兩首英文歌外，也多不敢造次。

席間幾次榮茂覺得無聊，逕自走到屋外閒逛。他隨後發現，每次他走出去，總是會有新人家的男性親友亦步亦趨默默地跟在他後方，讓他覺得奇怪。

最後一次出去散步，榮茂手下的業務員 Ronald 跟著他出來，榮茂好奇地問他：

「Ronald，為什麼我每次出來，你們都有人跟著我？」

Ronald 聽了，朝著四周的椰子林東張西望回道：

「Sir，這裡是共產黨叛軍的地盤……，你今天在鎮上教堂穿著整齊地主持婚禮，我們要提防他們盯上你……」

榮茂聽完朝四周看了一眼，沒發現任何異狀，便只覺得刺激，不覺得害怕。

歡宴結束後，新郎家派了五部車一路跟著保護他回飯店，他看著覺得好玩，在車上打手機給林水順跟他開玩笑：

「阿順仔，我被共產黨叛軍抓了，他們要你匯五百萬來才肯放我回去。」

久處當地見怪不怪的林水順聽了，也玩笑地回他說：

「江經理，他們這樣太看不起人了，怎麼你江經理只值五百萬，也太看不起我們藤田公司了。你告訴他們，現在銀行關門了，我明天一早匯兩千萬過去……」

榮茂每天上班前讀報，幾乎每年同一個時間，都會看到某家韓國知名鋼鐵廠的兩名員工，在南部回教叛軍地盤探勘礦產，遭到叛軍綁架，公司迅即交付兩百萬將他們贖回的新聞。

員工冒險替公司尋找原料，公司也很仗義地立即付贖將他們救回。

菲律賓人對於綁架，不像台灣人以為的這麼嚴重。只要趕快請熟識的軍警探聽，就能很快知道被誰綁走？贖金多少？然後盡快付款，肉票就會被迅速釋放。

通常綁匪也會先調查清楚被綁者的財力，要求的贖金會在能迅速支付的範圍內。而綁架期間他們多半會善待肉票，奉為財神爺小心伺候。

＊　＊　＊

榮茂為了拓展業務不畏艱險，得空便四處拜訪。為了爭取重要客戶或大筆訂單，他甚至經常利用假日出差。

有一次一位重要客戶娶媳婦，邀請張總帶領所有台幹出席。婚宴桌上擺放的，是當地暢銷的廉價威士忌。張總和其他台幹拿起酒杯都只沾唇，不敢真喝。主人來敬酒時，身為營業主管的榮茂在主人熱情催促下，拿起酒杯一仰而盡，隨後又跟著互敬喝了幾杯。

回程的路上他遭到張總責罵：

「你知不知道你們在這裡的安全是我的責任？」

「你以為你是趙子龍，渾身是膽啊？」

「自己的健康自己注意好嗎？」

為了拓展業務，榮茂向來勇往無前。當然，年近不惑的他也不是一個莽撞的人。每天閱讀當地政經消息，其實為他在做風險評估時，提供了許多精確的資訊。

他很討厭揣揣不安，無端害怕的感覺。

在感到恐懼時，他習慣直接面對恐懼，去鑽研探討令自己害怕的事物跟原因，作為自己進退的依據。

如果發現令自己害怕的事確實危險，他是不會讓自己輕易涉險的。

菲律賓貧富差距懸殊。正所謂朱門酒肉臭，路有凍死骨。

不管到哪裡，幾乎到處都有用撿來的木板紙板搭建的貧民窟。有的範圍廣大，多達數千戶，有幾萬人住在裡面。

而貧民窟周圍，總可見到密密麻麻如漁網般的電線，從路旁的公用電線偷電取用。

而不幸的是，因為這樣胡亂用電，常常引發電線走火，將整片易燃的貧民窟瞬間燒毀，連消防車都來不及搶救，讓這些貧民失去所有家當跟安身之所流落街頭。

因為天氣炎熱，夜裡路邊安全島上到處睡滿了人，更是司空見慣的城市景象。

另一方面，有錢人家，大多數是華人，他們的居家及辦公大樓的氣派，在台灣都很少見。

榮茂曾經受邀參加一位富有客戶的生日派對，對方一家四兄弟住在一處廣袤的莊園裡，四戶獨幢別墅分居四角，中間有一幢他們自用的活動中心，裡面宴會廳、電影院、健身房、游泳池一應俱全，儼然是五星級飯店的設備。

當晚所有服務生都穿著水手服，主人則一身船長裝扮。宴會廳外放乾了水的游泳池裡裝滿了氣球，四週有樂隊、雜技團、歌舞團等表演娛樂賓客，讓榮茂看的眼界大開。

如果不是因為工作繁忙，這裡倒是一個休閒度日的好地方。

榮茂初到此地，原來打算要好好學打高爾夫球跟開飛機、遊艇，這在本地花費都比台灣便宜許多，是榮茂這種上班族在台灣時支付不起的消遣。

可惜幾乎永遠在工作的他，最後只能利用零散的假日，去就近的海灘學潛水，只拿到了一張初級潛水執照。

外派第一年，在張總和榮茂跟其他台幹們用心經營下，菲律賓分公司業績大幅成長，開始獲利賺錢。

32 公而忘私健康受創

長時間的工作壓力，終於壓垮了榮茂。

就任半年時，他就開始鬧胃痛。趁著休假回台去醫院檢查，說是胃食道逆流。醫生開了藥，囑咐他要放輕鬆、多休息。這之後他就再也離不開腸胃藥了。

就任將滿一年，有一天他發現自己排便很黑，卻不以為意。之後幾天胃痛越來越嚴重，藥也越吃越多。

一直到農曆過年前的一天夜裡，他在公司忙著加班配合台灣總公司年底結帳，胃痛得難以忍受，才回住處休息。第二天他只覺全身無力，幾乎無法起床。

張總和其他台幹研判，他應該是胃出血。緊急叫員工訂了機票，送他回台灣檢查。

弟弟在機場接了他，直接送他去醫院。榮茂到了醫院就沒辦法自己走路，被用輪椅推進急診室。照了腸胃鏡，才發現是十二指腸出血，因為出血多日失血過多，紅血球不足緊急輸血。在醫院住了十天，度過除夕跟農曆年，才止血出院。

期間邱副總來探望他，要他好好休養。但卻在他還沒出院前。，就又打了幾次電話，問他什麼時候可以回去上班。

榮茂出院後，回家休息了兩天，就又搭飛機回去馬尼拉繼續工作。在這以後兩年，彷彿順著節氣一般，榮茂的十二指腸出血，都在年底發作。

在他身體受到重創的時候，張總的仕途也遭遇打擊……

原本被安排可能接任歐總退休後職位的，是包括張總在內，兩年前被拔擢升任經理的三位年輕主管。

而在張總外派滿一年的這時，在台北的另外兩位經理，榮茂的老主管吳康順，和邱副總的舊屬吳輝祿，又被拔擢升為協理。這意味著張總已經從接班人選中被剔除了。

也在這時候，榮茂聽說他失勢後落寞寡歡的老主管詹信良副理，也提前退休了。

榮茂在回台灣養病時，就從來探病的同事口中，約略知道態勢的演變。

「所以把張黎明外調，就是要把他踢出權力中心了嘛。」

「還說什麼一定要他去菲律賓整頓，真是卑鄙陰險。」

「誰叫他都不巴結邱副總，現在老闆都聽他的……」

* * *

榮茂回到馬尼拉後絕口不提此事。而不知道是為了安定軍心，還是掩飾自己的不安，張總仍是一副無所謂的態度，依舊嘻笑如常。但是，卻又時時不經意地，就洩漏出他的情緒。

一天下午，榮茂正在忙著趕寫報告，桌上電話響起，只聽到張總口氣不悅的說：

「小江，來我辦公室。」

榮茂開門進去時，張總仍在講電話，似乎在與人爭執。電話一掛斷，他就氣憤地衝著榮茂問：

「我問你，你是我的人嗎？」

榮茂聽了丈二金剛摸不著頭，不知如何回答。張總指著電話機說：

「剛才吳輝祿說你是我的人……，是嗎？」榮茂這下聽懂了，他想了想回道：

「嚴格來說，我是我媽生的，我應該是他的人。再不然，我應該也是我老婆的人。再怎麼說，我也不會是總經理您的人……」

「是啊是啊……」沒等榮茂說完，張總就急急地道：「一家公司，可以劃分派系，說你小江是我張某某的人，誰誰誰又是誰的人，可以這樣嗎？我們是公司的老闆嗎？」

接著他針對公司內部拉幫結派搞小圈圈，嚴詞批評了一陣，才又放榮茂回去工作。

又有一次，榮茂送文件去辦公室給張總簽名，一進門只見他臉色陰沉地拖著下巴不發一語，只揮手示意榮茂坐下。待榮茂坐定，他先是用低沉的聲音說：

「台北有人告訴我，歐總告訴董事長，說我私底下跟退休的曹總串聯，在操控公司人事，現在董事長在查……」

「啊！」榮茂聽完吃了一驚，問道：「在馬尼拉遙控嗎？」

「王八蛋！」，張總這時突然暴怒從座位上站起，兩隻拳頭狠敲在辦公桌上，喃喃地說：

「我對他忠心耿耿、盡心盡力，他不升我也就算了，為什麼要跟老闆造這個謠？」

榮茂不忍心看他這麼痛苦，只好依自己所見照實說道：

「親小人遠君子，小人的話聽久了也變成真的了……」

「唉！」他聽完嘆了一口氣坐下，望著天花板茫然地道：「他自己沒頭腦嗎？不會判斷嗎？他一向不笨啊！」

自此之後，張總雖然對邱副總依舊冷淡，但是所有副總交代的事，不管合不合理，會不會耽誤重要工作，他全都概括承受不再頂撞。

這一來就苦了榮茂和其他台幹，他們的工作量逐日遞增，而且都是一些與提升業績、改善管理無關的瑣碎雜事，卻都必須列為急件優先處理。

「今年沒升，也不代表我明年不會升啊！」有一次張總在辦公室裡，自我解嘲地這麼對榮茂說。

而榮茂聽林水順說，張總每晚難以入眠，私底下叫他去買安眠藥給他吃。

又有一次，榮茂送公文去給張總簽核。張總問他：

「你以前不是跟楊知升交情不錯嗎？」

「嗯！我們從年輕開始，在同一個單位很久了。」榮茂答道。張總沉吟了一會兒，說：

「他剛才打電話給我閒扯，說你很固執，常常不把主管放在眼裡，叫我要好好教訓你。」

榮茂聽了心一沉，對於人事鬥爭到這樣不顧舊情，連他這個為了公司在海外征戰，絲毫不構成威脅的人都不放過，感到非常寒心。

「自己以後在公司小心點。」張總善意提醒他。

面對著這一連串的亂局，還有延燒到自己身上的人事鬥爭，榮茂終於體會到什麼是「人在江湖，身不由己」了。他一直在避免捲入政治，但是事態的發展，已經不是他能掌握的了。

榮茂每晚回住處靜坐，整理自己的思緒，讓自己持續地維持心情的平靜。

面對著這群信任他、傻傻地跟著他衝鋒陷陣的在地員工，他不斷地提醒自己，不管頭頂著多大的壓力，都要為他們著想、對他們負責。

* * *

33 主官喪志獨立奮戰

屋漏偏逢連夜雨……

隔年年初，因為前一年三月的日本大海嘯重創日本工業，許多重要零件廠房停產，影響了日本企業在海外的生產。又礙於中國的工資成本不斷提高，並且時不時地反日抵制日貨，許多日本企業，開始規劃將工廠移到東南亞生產。

日本人做事的態度是十分小心縝密的，他們除了由自己的企劃人員作調研評估外，也會透過各種可能的管道，多方收集資料，力求訊息的完整。

台灣藤田公司作為日本的合作夥伴，也受到日本藤田商社的委託，協助調查在菲律賓的市場資訊。

向來不在乎菲律賓公司經營難題，眼中只有董事會跟歐總的邱副總，對於這件董事會交付協助的小事，整個人顯得十分的熱衷積極。

以前沒事不會打電話來關心，甚至榮茂有事打回台北也找不到人的邱副總，這時一天四五通電話連絡，常常不管榮茂手上有多麼重要的工作在處理，都要他立刻放下，優先蒐集日本人要的資料向董事會邀功，搞得分公司作業大亂。

這樣的資料蒐集工作，歷時長達半年。榮茂時不時都得因為接到邱副總的緊急電話，而中斷正在處理的事務，應付邱副總為討好董事會跟日本人所需。

有時候快下班了邱副總打來。又有時候榮茂在外面拜訪客戶時打來。而這一天晚上，當邱副總開心地在台北和同事客戶把酒言歡時，榮茂就必須加班到深夜，在隔天一早讓副總收到他要的資料。

在榮茂外派時期，每次回總公司報告業務，邱副總總是會耳提面命一句話：

「小江啊！業績不重要，平安就好……」

榮茂以前私底下聽曹總說過，業務單位就是一家公司的先鋒部隊跟國防部。而作為藤田公司的業務人員，榮茂也一直對業績充滿企圖心、積極進取。

對於邱副總從來不把業績放在心上，甚至在他業績不斷攀升時，顯得誠惶誠恐，不斷針對他販賣太多偏離預算，或是因為銷售太多應收貨款跟待出貨的庫存增加而不斷刁難。

同樣是業務人員，邱副總在公司業務單位任職時間比榮茂長，又是他在台灣的主帥，對於業績散漫若此的表現，讓他始終難以理解。

派駐海外一年多後，榮茂發現他工作上最大的障礙，並不在外面多變而競爭的環境，而是在他遙遠的台灣母公司。

＊　＊　＊

張總因為升遷受阻，對於公務開始顯得意興闌珊。

他每天只將自己關在辦公室，或上網、或看書，對於如何提升業績，再無任何企圖心，只是例行地被動簽署公文，閱讀其他台幹送交的文件，作一些常態性的指示。

榮茂和其他台幹知道他心情失落，也不敢再提任何改善提案去煩擾他。許多重要的事務，台幹們也都直接跟榮茂報告請示，等榮茂指示重點跟要領後，才敢上呈張總。

在這紛亂的時刻，榮茂成了分公司裡唯一頭腦清楚的支柱。

在地員工消息靈通，雖然台幹無人告知他們老闆的境遇，不過或許從張總神色的變化，跟其他台幹的表現，他們也嗅出了異常氛圍，整個分公司，又陷入了緘默安靜的低氣壓中。

儘管台北交付的雜項事務日增，儘管張總再也無心努力經營。榮茂在胃痛陪伴下埋首工作之餘，仍然努力地維持分公司業務運作順利進行，堅定地擔負起自己的職責。

他時時強顏歡笑與員工說笑，力求低落的氛圍不要影響員工士氣。分公司業績跟獲利依舊穩定成長，他也不時邀約員工聚餐打氣。

在這樣的艱難環境下又努力了一年，雖然任期只剩一年，榮茂在鎮日工作回到住處時，依然不時在思索著如何提高藤田產品在本地市場的競爭力。

因為近年來東南亞經濟相較於全球成長快速，在榮茂來菲短短兩年期間，許多他初到時沒有看到的競爭品牌，尤其是一些大陸產品，都陸續出現在本地搶奪市場，讓他產生了危機感。

依照歐總當初在台灣強化產品線的策略，榮茂也針對他們在此尚未販售的其他產品，派業務員進行市場調查，擬定增加在本地銷售需求日增的產品線擴充計劃，提交給張總批示。

因為並不是甚麼增資項目，提出的市場調查報告也無疑問，張總立刻核可並轉呈總公司。邱副總也無異議，產品擴充計畫就此輕騎過關，預計在隔年榮茂回台後實施。

就在榮茂跟台幹們辛苦經營的時候，台北總公司又起了大變化。

台灣藤田公司原任董事長因年紀大屆齡退休，董事會另外推派了一位年輕的王董事長接任。

過去因為海外分公司規模小，連藤田歷任總經理都無心涉獵，董事會除了略讀報表外，董事長對於海外事務向來從不問聞。

不料新上任的王董事長，對海外分公司甚感興趣，上任不到一個月，就風塵僕僕地趕赴各海外分公司視察。邱副總也只好被動認真地開始關心起海外分公司。

* * *

34

明主乍現庸帥受責

在董事長到來的前一個禮拜，榮茂跟其他台幹不眠不休地趕製提交邱副總的報告。而聽聞董事長要親自來訪，升遷受挫的張總喜出望外，也緊盯著所有台幹趕製報告，一心希望在董事長面前有所表現，讓他留下良好印象，爭取升遷的機會。

所有台幹一邊趕做報告，私底下卻抱怨連連。唯獨榮茂很快就發現，其實邱副總每次要的資料，都在過去分公司曾經呈送的報告裡，只不過邱副總從不花心思閱讀，所以全然無知。

榮茂只花了半個鐘頭，在電腦裡把過去所有報告的表格複製，轉貼到另外一個檔案列為總檔，一共一百二十幾張表格。

每次副總緊張兮兮地來電催各種資料，他就只要從總檔的表格裡複製幾張貼到報告檔案裡，不消十分鐘就完成。完成後他就繼續處理自己的例行工作，等到副總要求的時限前傳送給他，總是能輕鬆準時交差。

他也把這樣的方法告訴其他台幹，大家頓時壓力稍緩。

榮茂聽在台北的同事說，董事長對於每次詢問主管海外事業的邱副總一問三不知，每每還要回去催促各分公司提交報告，感到十分不悅，發了好幾次脾氣，讓邱副總承受了很大的壓力。

邱副總也在董事長來訪前的業務視訊會議中，毫不諱言地說：

「現任的董事長要求很嚴格，我壓力大到睡不著覺，我想我還是提早退休好了……」惹得所有台幹在這一頭的視訊螢幕下竊笑，直呼活該。

台幹們會後閒聊，沒有人相信坐擁高位高薪，每天吃吃喝喝的邱副總會捨得退休。

王董事長來菲律賓視察後，對於他們的表現表示滿意，並給予他們嘉勉和期許，他說：

「台灣市場小，各行各業都已飽和，我們公司如果要繼續成長，就要積極開拓海外。」

在視察當晚的晚宴裡，董事長轉頭詢問邱副總：

「副總一年來這裡幾次？」

每年除了行禮如儀地陪總經理來海外例行視察一天吃吃喝喝，就不曾到海外出差的邱副總，聽了以後滿面通紅，不知如何回答。

「以後每年至少要來三次看看，多關心一下海外，好嗎？」董事長面無表情地說道。

「是是是，以後會依照董事長指示，經常來看看。」邱副總畢恭畢敬地答道。

這以後副總仍然不時地催繳報告，聽說他回去之後，又多次遭到董事長訓斥。榮茂對他再無任何期待，只是一本初衷，專心地做好穩定分公司運作的工作。

這一年五月，因為台灣漁船廣大興號船長，在菲律賓海域遭該國海警射殺，台菲關係陷入緊張低迷的局勢。

* * *

由於邱副總與張總關係不佳，副總對於菲律賓分公司的業務依賴榮茂日殷。榮茂鑒於他向來總是隨意抓人外派海外。擔心年底三年任期結束，副總找不到人接替會要求他續任。

榮茂對於當地市場的發展抱持樂觀態度，他也曾經滿懷信心跟決心要積極開拓市場。但是此時的他，在上司無心，官僚體系幾乎耗費他所有的精力下，搞得他身體受創、身心俱疲。

他知道縱使此地市場大幅成長，在這樣的官僚體系下，他也無力帶領分公司隨之擴販。

在第二年底又因十二指腸出血回台治療後，隔年趁著年中回台述職，他提醒邱副總要開始尋找徵詢接任他的人選。邱副總果然不置可否，意在言外地顧左右而言他。

在榮茂確認了副總的意圖後，一回到駐在地，他就立刻寫了一封電子陳情信，陳述自己外派海外，對家庭帶來的困擾，也再一次提醒上司，自己的身體不堪勝任。

陳情信一傳給張總，張總就喚他進辦公室：

「他之前就叫我勸你再留一年，等他明年年中退休，讓他安全下莊，哼！」心灰意冷的張總臉朝窗外漠然地接著道：

「我沒打算勸你，信……，我已經轉給他了，他一定會堅持讓你留下，這自私自利的傢伙，他媽的！」

榮茂離開張總辦公室，回到自己座位後不久，就接到邱副總的電話。他先是褒獎榮茂的表現，說他對分公司有多重要。又一再說董事會多麼重視海外，現在又是多麼關鍵的時刻。

榮茂也不厭其煩地重述自己兩年來十二指腸出血的事實，表示自己難堪重任。副總絲毫不退讓，直說了半個鐘頭，末了要他再慎重考慮。

聽聞榮茂跟副總的對話後，張總提醒他要堅持，又要他趁回台當面再跟副總說清楚。

兩個月後，距離年底還有四個月，榮茂趁著回台開會，又當面跟副總說明自己無法續任。副總把他叫進會議室單獨談話，直言自己明年年中退休，說如果榮茂跟張總一起離任，分公司管理會有問題，要榮茂幫忙，並且暗示將讓他升職，還保證一年後一定會讓他回台灣。

「到時你都退休了，怎麼保證？」榮茂心裡想著。跟他共事兩年，被他一再玩弄，榮茂深知他凡事只替自己想的自私心態，榮茂不想再犧牲自己的健康跟家庭，他繼續堅持。

「你到現在才說不待，剩幾個月，我去哪裡找人？」邱副總後來惱羞成怒，拍桌怒罵。

榮茂赴任時前兩個月才被徵詢，現在距離年底還有四個月，他不知道這時間有多倉促。

眼看各種威嚇利誘、強詞奪理的手段都用盡，榮茂依然不肯退讓，副總最後只好妥協，心不甘情不願地說：

「好啦！你先回去，我再找看看有沒有人願意去。」

回到菲律賓不久，榮茂就聽說副總找到接替他的人選了。榮茂知道，副總只要打起官腔，拿出對付他的各種手段，公司裡很少有人能夠招架。

35 主官失據棄車保帥

為了懲罰不聽話的張總跟榮茂，邱副總也發動了一次嚴厲的整肅。

他拿財務部在年中稽核的資料，對於菲律賓分公司因為業績提升，連帶提高的庫存跟應收貨款大作文章，去向董事長報告。接著又假傳聖旨，說董事長很生氣，要張總跟榮茂回台北報告。

升遷不順又久不與問業務的張總，原以為董事長來訪，給了他一絲絕處逢生升遷的機會。一聽副總說董事長生氣後大為惶恐，把榮茂叫去痛罵一頓。

不管榮茂怎麼解釋，長期失眠又焦慮的他，一反過去臨危不亂的瀟灑，要求榮茂把所有客戶訂購還沒出貨的訂單取消，同時取消向土城工廠訂貨的訂單，降低未收貨款和庫存。

榮茂力爭這樣會重創商譽與信用，張總卻發瘋似地下令榮茂立刻照辦，還歇斯底里地指責他害得自己不能升遷。

面對已經失去理智的主管，榮茂別無選擇，只好召集所有手下業務人員辦理退貨。所有業務員聽了不敢置信，接著也開始向榮茂據理力爭。

榮茂不發一語地耐心聽完，只說了句：

你們說的我都知道，但是Boss堅持這樣做。」所有業務員聽了，只好垂頭喪氣地照著榮茂指示通知客戶辦理退貨。之後榮茂整天都在接聽客戶的抱怨電話。

到了這時候，榮茂但覺前功盡棄，在這一連串荒謬的政治鬧劇摧殘下，讓他鬥志全失。

為了回台報告，張總押著榮茂跟管理財務的林水順，又開始加班趕製書面報告，列出所有庫存跟應收貨款明細，還有他降低貨款的對策及成果，以求能夠挽回董事長好印象。

台北的同事私底下告訴榮茂，張總在向邱副總報告時，將一切責任都推到他身上。在菲律賓常駐多年的林水順，跟許多客戶熟識。他也因為無預警退貨，接到許多客戶的抱怨電話。

「甚麼叫一將成名萬古枯，現在你知道了吧？」他在加班趕報告時，無奈地調侃榮茂道。

榮茂這時候，對於征戰海外，感到徹底地灰心與絕望。

一個禮拜後，懷著忐忑不安的心情，張總跟榮茂回到台北總公司報告。

在會議室外等候的時刻，負責稽核的財務劉經理走過榮茂前面，翹起下巴朝著不遠處在跟其他同事閒聊的張總，輕聲地對榮茂道：

「棄車保帥的手法，太拙劣了，身為總經理都沒責任嗎？。」

董事長走進會議室時，看到只有一面之緣的榮茂站在門邊迎接他，微笑著對他說：

「你也回來了？辛苦了！辛苦了！」說完拍拍他的肩膀，看不出生氣的樣子。

原本準備一個小時的報告，在張總報告不到十分鐘時，就被董事長打斷：

「看起來問題不大，以後稍微注意一下就好……」

接著董事長開始說了一些他去菲律賓視察時，所看到的許多奇聞軼事，聽得大家笑聲不斷，接著又講了兩個笑話，說完便起身各看了張總跟榮茂一眼道：

「辛苦了！加油喔！」語畢立刻走出會議室，留下全會議室滿臉錯愕的與會人員。

這一次事件，在邱副總跟他左右人馬大肆放送渲染下，重創了進退失據的張總在公司一向負責任的名聲，被貼上了推諉卸責的標籤，也抹滅了榮茂一直以來對張總的敬意。

* * *

36 忍辱含悲善盡職守

拖著疲憊的身心，為了保全分公司裡這些任人擺布的在地員工，榮茂一方面努力維持讓自己的業務如常運作，一方面開始整理自己三年來匯集的大量資料，並且加以分類註解，以期接任的人可以在短時間內上手。

雖然自己外派戮力以赴，遭到如此不公平的對待。但是早已看淡升遷的他，卻在官僚體系打滾多年後，體認到唯有循著自己的真心走，才能在多變的世局中心安理得，善處現境。

員工們在知道他確定不留任後，都感到依依不捨，私底下在籌備歡送會要為他送行。

可惜榮茂無福消受……

這一年十一月，海燕颱風重創菲律賓濱臨太平洋的城市獨魯萬，造成逾六千人喪生。

年底最後一個月，台幹們一邊忙著年度結算，一邊忙著接受財務部門的年終稽核。而準備接任的台灣同事，也在這時候提前來菲出差，熟悉環境與業務。

接任張總的是張合旺經理，他是公司出了名的官僚，對上笑臉盈盈，對下威儀嚴肅。年輕時因口才不佳反應差，被當時的曹總戲稱為「水管業務」，意指他腦袋跟水管一樣空空如也。

他擔任主管後以刁難手下為樂。曾經有業務員趕著出貨請他蓋章，他對著急的業務員說：

「你求我啊！是你要業績又不是我要業績。」

這件事在公司所有以業績為天命的業務單位間傳為笑談。

張合旺在台灣升任經理後官威十足，要求手下中午都要陪他吃飯，中午用餐總是前呼後擁、派頭十足。忙著出門辦事的手下苦不堪言。直到有一次被同為經理的吳輝祿調侃諷刺，才收斂鋒芒。

過去他時常黏在高總左右，近幾年他靠著親近邱副總官運亨通，升上經理。公司內外包括熟識他的客戶。都大感意外，對於完全被邱副總蒙蔽的歐總，在用人標準上議論紛紛。

接任榮茂的，是向來對與自己業務無關的事一概不理的宋鼎亮。在和榮茂交接當中，對於廣告、市調、行銷、倉儲、報告等營業工作以外的業務，他一概以「這個我不會」不願交接。

幸好鑑於過去榮茂要分兼撰寫大量報告的企劃工作，導致業務量大幅超額不斷加班，影響了他本業的業務工作的痛苦經驗。榮茂透過張總，替分公司爭取到加派一個專責報告作業的企劃部台幹小莊，來負責廣告企劃工作。

* * *

忙完年終結算、業務交接後，榮茂發現自己週期性的消化道出血又發作，出現血便。

他一直撐到應付完三天的稽核工作，終於在最後的稽核總結報告會議中，突然覺得頭眼昏花，暈倒在會議桌上，被緊急送回台灣治療，結束了他淒風苦雨的海外任期。

回到台灣，在醫院度過春節假期期間，榮茂經常回顧自己在海外工作的點滴。

從前在台灣時，他就曾經感到疑惑，為什麼同為亞洲發達經濟體，日本跟南韓企業能夠不斷走出海外，將品牌市場從國內擴展向全世界。唯獨台灣不能。

榮茂外派海外後，許多有親友外派的朋友鄰居紛紛警告他，一旦外派就很難再回來，公司的職缺會被佔滿。

榮茂一一細問才知道，他們的親友，許多在國內知名企業任職，一旦被抓交替派往海外，少則五、六年才被調回台灣，有的一去十幾年公司都不打算讓他們回來。

而在海外征戰後的代價，回來後也多被丟往冷衙門，直到退休。

榮茂的表哥，在國內知名的金融公司上班，被派往上海7年，幾經申請才調回台灣，被丟到中部一間小鄉鎮分行，不堪假日南北舟車往返跟屢遭貶抑，前兩年提早退休離開公司。

「我們公司在上海十幾年，除了台商根本沒人知道。」表哥告訴榮茂。

「怎麼會呢？你們公司在台灣誰不知道？隨便砸點廣告費，在大陸經營十幾年，多少也應該打出一點知名度了吧？」榮茂不解地問。

「問題就在這裡啊！只想賺一點台商錢支撐分公司開銷，緊摳著經費捨不得廣告。然後在台灣廣告裡標註得好像分公司遍佈全亞洲，事實上根本就沒有真正要擴大市場的決心。」

表哥感嘆地道：

「你看人員派遣就知道了，真的有心開疆闢土，就要把一流的戰將派上陣，不是每次都亂抓人，一去就不讓人回來，回來就被冷凍被打殘，真正有能力的人看了誰敢去啊？」

榮茂聽了心有戚戚焉。

「總而言之，老闆無心啦！」表哥無奈地總結道。

榮茂在馬尼拉時認識一個韓國企業主管，他告訴榮茂，他們韓國知名的手機廠，以前每要進入一個新市場前一年，就會依市場規模派遣幾名員工，給予豐厚的待遇跟補貼，讓他們帶著全家人到當地生活。

這期間外派員工的主要工作，就是每週回報他們在當地生活的情形跟所見所聞，以供在首爾總公司辦公室裡，按著書面情報閉門造車，制定銷售策略的行銷人員，依據員工在當地生活的實際報告，比對修正行銷計畫，確保將目標市場的情報誤差降到最低。

等到開始進入市場銷售，選派的都是公司能力表現最好的業務人員。而在總公司內部要升遷到一定階級以上的人，都必須依職位高低具備一定的海外工作資歷，否則難以升遷。所以只要是有企圖心的人才，都爭相爭取派往海外建功。

相較於台灣企業負責人的心態，榮茂終於知道，為什麼韓國能，我們不能了。

37 苦幹實幹撤職查辦

過完年，榮茂也出院了，回到台北的新單位報到。

過去與歐總長期共事愉快的他，雖然不曾屈意奉承，但是戰績優秀，也未曾讓歐總留下不良印象。

但是，跟著與邱副總不合的張黎明經理外派三年，被包括楊知升在內這些主流人物編派成張經理人馬後，他很清楚自己自然會被邱副總在歐總面前搬弄，列為敵營人馬用力打壓。

為了就近看管，邱副總拒絕榮茂自願請求的冷門單位，表面上說他是營業優秀戰將，不能這樣埋沒，卻硬是把他調到總公司一個公認愚蠢無能、任由邱副總擺布的蔡松祖副理手下。

這天榮茂依照平常上班時間，在公司附近停好車。在走向公司的路上，遇到他已經退休的老主管許經理。許經理知道他調回台北，關心地問他身體狀況。閒聊一陣後才互相道別。

榮茂來到總公司新部門，走到蔡松祖桌前向他報到，蔡副理一臉怒容，將他帶進會議室。

才關上門，他就對著榮茂吼道：

「現在是怎樣？第一天來上班就遲到，你是什麼意思？」

榮茂知道這是他主子交代的下馬威，只淡淡的說：

「不好意思，剛才在路上遇到退休的許經理，他問了我一些話。」

蔡松祖聽了，反應遲鈍的他一時語塞。想了好一會兒，才又想起該說的台詞：

「那你不會跟許經理說要上班，一定要聊那麼久嗎？」榮茂懶得答應。接著又他歇斯底理聲音顫抖，自顧自的說了一連串話：

「你回來最好乖一點喔！不要以為你在國外做了什麼我不知道」

「我會牢牢盯著你，你最好小心一點！」

這是榮茂有生以來在職場上聽過最無禮，也最具敵意的話。不過因為跟他預期的大同小異，所以他也不放在心上，只思索著新工作要如何開展，任憑蔡松祖的話左耳進、右耳出。

氣喘吁吁的蔡松祖好不容易罵完，才步出會議室就立刻外出，榮茂猜想是去跟副總回報戰功，一時不會再回辦公室了，便逕自在其他同事的協助下，整理自己的辦公桌。

在國外帶兵打仗的他，回到國內，被打成了基層業務員，跟著一群年輕同事跑前線，邱副總連一個低階的主管職務都不肯給他。

才剛整理好桌面，對面年輕同事桌上的電話響起，他見同事一邊看著自己一邊恭敬地說：

「他出去了，是，是，是，我會跟他說。」同事掛上電話後對他說：「是丁經理，他剛問蔡副理在不在，說要來找你，請你先不要出去。」

丁章秀經理以前曾經教過榮茂命相五術，他跟榮茂在菲律賓的主管張經理一向友好，卻曾跟榮茂現在的主管蔡松祖發生過嚴重衝突，而他現在是蔡松祖的主管，榮茂的頂頭上司。

對面同事話聲甫落，榮茂就看到丁經理殺氣騰騰地從門口走進來，對著榮茂朝會議室方向指了一下，逕自走了進去，榮茂見了立刻跟著走進會議室。

才剛關上門，榮茂依丁經理指示在他對面坐下，丁經理立刻就開口問他：

「蔡松祖早上跟你說甚麼？」

「就交代一些工作上的事……」榮茂回答，他再也不想捲進無謂的人事鬥爭了。

「他沒有恐嚇你嗎？」丁經理瞇起眼問。

「沒有！」榮茂堅決地回答。

「好！」丁經理說著站起身，指著榮茂說：「以後他要敢找你麻煩，你一定要告訴我，我絕對不會讓他好過。」

「謝謝經理！」榮茂起身恭敬地道。丁經理這才露出笑容，拍拍他的肩膀說：

「委屈你了，加油！」說完又走出會議室離去。

就這樣，榮茂在一個早上的震撼對立中，回到台北工作。

* * *

心如止水的榮茂回到台北後，低調埋首在自己的工作當中。

雖然身為一個年長的基層業務人員，但是他一秉向來的工作態度，比許多年輕人都賣力，加上公司裡許多與他友好的同事，熱心幫忙介紹客戶。

再加上他長年的業務經驗，和在海外被磨練出來快速彙整資料的能力，讓他很快就針對潛力客戶勤於拜訪，開發出大量客戶並且彙整管理，他的業績在短時間內就表現出色。

眼看他低調專注在自己的工作上，表現也不差。負責看守他的蔡松祖鬆了口氣，漸漸地對他的態度也稍微和善。

榮茂對他表面上行禮如儀，不想讓這個膽小鬼驚慌，以免他又無端生事，而內心裡對他的人品能力卻鄙視至極。

這一年接班人的態勢底定，唯二接班人選之一的吳輝祿協理，被調派去掌管工廠跟內勤單位，與總經理職位擦身而過。

而另一位榮茂的老主管，一向與人為善並且跟邱副總關係親密的吳康順協理，終於在邱副總用心拉抬下，確定在明年歐總退休後接班。

邱副總也在功成身退後風光退休，並且透過即將繼任總經理的吳康順協理，繼續保有他在藤田公司的影響力。從此藤田公司的官場現形記，也就越演越直白了。

先是許多消息靈通的員工跟客戶，在人事命令正式公布前，早早聽聞風聲，就極盡所能地向吳協理靠攏，如同當年湧向歐總的人潮一般。

有一次，在參加一位重要客戶女兒出閣的婚宴上，榮茂跟吳協理和張經理，以及其他藤田公司的員工，被主人安排坐在同一桌。

不久，許多後來陸續進場的同業客戶，看到吳協理也出席，紛紛爭先恐後地，搶著來跟即將接班的吳協理搭訕，擠得榮茂和其他同事只好陸續讓座換桌。

一直到婚禮開始時，原來預留給藤田公司的那一桌，就只剩下吳協理跟張經理兩人，其他同事都被搶著親近吳協理的通路商推擠到別桌去了。

另外，好幾次在公司聚餐時，榮茂看到吳協理站起來要上洗手間，楊知升、李明南這些長年圍繞在吳協理身邊，陪伴他和邱副總喝酒打球、扮演跳樑小丑角色取悅主管的馬前卒們，立刻半開玩笑地站起來張開雙手圍繞著吳協理，起鬨地喊著：

「護駕！護駕！」看得許多同事搖頭嘆息，還有人低聲跟榮茂嘲諷地道：

「看到沒有，多學著點。」

38

海外辛勤付之一炬

自從張總跟榮茂離開菲律賓分公司後，分公司在愚昧的張合旺經理管理下，又回到過去語言不通、因人設事的文化裡。分公司歷經過張總跟榮茂公平管理的在地員工，為此憤慨不已。

許多優秀的員工紛紛離職，跳槽到其他積極開拓市場的競爭對手公司。而許多仍然在職的員工，經常寫電子郵件向榮茂訴苦抱怨。

泥菩薩過江又不在其位的榮茂，也只能一如以往，無奈地開開玩笑，鼓勵他們凡事往好處想。

菲律賓分公司的業績直直滑落，張合旺毫無對策，天天發脾氣罵人。宋鼎亮一如過往，除了他營業分內工作外一概不涉入，準時上下班，假日勤練高爾夫球，球技因此精進不少。

台北涉外部門同事私底下告訴榮茂，如果不是因為他在菲律賓最後一年提出的產品線擴販計畫，菲律賓分公司的業績將衰退的更嚴重。

儘管如此，附和上意唯邱副總是從的張合旺，因為聽話從不反抗，年底時在已退休的邱副總美言下，更上層樓晉升協理，跌破所有跟藤田相關眾人的眼鏡。

而凡事事不關己愜意度日的宋鼎亮，雖然身為營業主管業績不佳，竟也跟著雨露均霑獲得升遷。

權力爭奪態勢已定，有人得意忘形，有人悲憤感嘆，更多人是謹言慎行，多一事不如少一事，開始在自己的職務上築起保護牆。

除了主管交辦的事謹慎處理，其他的事能不做盡量不做，以免多做多錯，遭到棄卒保帥抓去頂錯。這樣的官僚氛圍，害苦了在一線面對客戶的業務員。

張黎明經理自從得罪邱副總，被他設局外派海外逐出接班人選後，過去一向仕途順遂、自視甚高的他有如驚弓之鳥。

除了在菲律賓曾經因為邱副總整肅進退失據，企圖將責任推給下屬惹人笑話外。其實一心以為自己能力最強、篤定接任總經理職位，對升遷非常在意的他，接連幾年馬失前蹄後，回到台灣也表現得很識時務。

他低調任職，唯吳協理馬首是瞻，不再和榮茂或他在台中時的舊屬廖平興這些被視為是他人馬的人員來往，以防落人口實。

比吳協理年長，在接班無望後的他，再三年就必須退休，現在一心只求吳協理升任總經理後賜予恩惠，可以讓他在退休前晉升協理，多領一點退休金。

對張經理不免有防心的吳協理，也安排了他的心腹楊知升，在張經理手下擔任副理負責監管他。所以大家都知道，張經理部門裡的事，只有楊副理說了算，張經理實則已被架空。

過去從年輕以來一直跟榮茂頻繁往來的楊知升，現在跟榮茂可以說是人鬼殊途了。偶而相遇，榮茂基於禮貌向他問安，已經是吳協理跟前紅人的他，總是一副高高在上、懶得理會的姿態。

* * *

曾經搖搖欲墜的藤田公司，在強人歐總的帶領下振衰起敝。但是之後卻又步上曾經開創大局、卻因為私心自用讓藤田一度衰敗的曹總後塵，。

歐總後期全心專注在權力鬥爭之中，時時提防被陷害，自安於環繞他的投機員工營造的舒適圈內，完全聽信並任由他們擺布，把鬥爭文化散播到藤田全公司，遠離了以績效考核論功行賞的商業標準，使得相互傾軋、爭功諉過的官僚文化，瀰漫在整個藤田公司內。

榮茂原以為自己不忮不求，謹守本分工作，就可以平靜度日。但他沒有想到的是，遍佈全公司的自我保護官僚主義，讓他以往熟悉的日常工作，變得舉步維艱。

現在他每成交一筆生意，就要花費過去三、四倍以上的時間，去應付各單位為確保自己無缺失責任，額外要求的許多電子郵件或文件。

遇到需要他的部門主管核可的文件，膽小的蔡松祖更是極力推拖、惜印如金，抱著事緩則圓的態度，能拖延蓋章就不蓋章。

除此之外，各單位對生產、送貨等流程，能慢慢做就慢慢做，以免忙中有錯。而當客戶不耐久等取消訂單時，他們更是顯得鬆了口氣，毫不因為生意的漏失感到婉惜。

榮茂因此又要花費許多時間跟精神去確認、催促，甚至恐嚇、請求。才能把每樣工作逐步完成，讓他在這樣的環境下更加感到無力。

幾乎所有營業部門，都陷入了這樣的困境，多數類似蔡松祖這樣的主管，都抱著能賣就賣，賣不成就算，以免自己麻煩生事的心態，來應對散佈全公司的本位主義。他們只顧緊守著自己的印章，提防其他人推責，繼續過著太平日子。

而另外一部分認真負責、對業績念茲在茲的主管，就只好鎮日繁忙，坐困愁城，還常常因為替手下催促相關單位或自己主管，惹人嫌惡。

榮茂因為資深，總有許多同事主管賣他面子，大部分的工作雖然要費時溝通，最終卻都能順利解決。

而許多年輕有熱忱的業務員，往往因為官僚主義阻礙，遭到客戶責難辱罵，壓力大到甚至有人夜不能眠，要看醫生吃安眠藥才能入睡。

面對這些不合理甚至荒謬的情況，榮茂心中備感煎熬。

* * *

39

爭功諉過亂象叢生

因為過去多年打下的基礎，儘管客戶抱怨不斷，藤田公司銷售依舊保持微幅成長，所以管理階層馬照跑、舞照跳，依舊歌舞昇平，繼續致力於提拔我族、壓制異類的工作。

歷經過曹總後期執意不引進新產品的悲慘教訓，榮茂知道，長此以往，不消多久，藤田公司在市場上的優勢，終將被其他虎視眈眈、力圖提高市佔率的競爭對手逐漸超越。

而被貶抑毫無權力的他，對此也只能徒呼負負，無能為力。

五十歲的他，開始思索要申請退休離開公司，出去開創自己的天地。

常言道，禍不單行。就在藤田公司的員工，因為鬥爭文化而在驚恐中度日的當下，公司董事會竟然又因為關係企業虧損，決定將每年仍然獲利的藤田公司，賣給一家甚具規模的知名工程公司。消息一出，群情嘩然。許多謠言開始在公司流傳……

「新老闆一進來就要開始裁員了。」

「新老闆一進來就要砍我們薪水了。」

「他們買下藤田之後，包裝整頓完就要再把藤田轉賣獲利了。」

一時之間公司內部人心惶惶。

正在按部就班計畫自行創業的榮茂冷眼旁觀，發現許多謠言，都出自不思有所作為的管理階層之口，他們藉此挑動員工的恐懼，讓員工因此更加順貼服從，以利在這樣的大變局中，確保自己的地位和權益。

新的老闆喬治工程在入主前後，不斷派來財務人員跟會計師審查藤田的帳目，並且依據他們公司的管理規則跟作業流程，修改藤田的流程以跟母公司銜接。

一個是施作工程的工程承包商，一個是以生產設備為主的設備製造商，許多喬治公司的規定跟程序，根本不適合生產空壓機設備的藤田公司。

但是藤田的管理階層為了避免得罪新東家，非但不據理說明照單全收，還對員工加碼更多限制以取悅新老闆。

可憐的藤田公司員工，特別是在第一線面對客戶的業務員。原本就因官僚主義盛行，而增加了更多無謂的工作。現在為了迎合新老闆，每件簡單的工作，都延伸出更冗長的流程，逼得他們終日埋首在文書作業跟客戶不斷的催促中，承受著極大的壓力。

新老闆既無裁員，也沒減薪。但是卻開始積極要求工廠降低生產成本提高獲利。降低成本的具體措施有兩個。一個是減少材料購買成本，一個是減少庫存。

前者簡單來說，就是偷工減料，而第二項，對於因為客製化產品訂單一再被延誤，而飽受客戶壓力的業務員來說，現在連每天販賣的常用品庫存都要減少，這真的是屋漏又逢連夜雨。

就這樣，藤田公司的業務員，在缺貨趕貨的泥淖中越陷越深。隨後又因為降低成本換用便宜零件，導致產品不良一再發生，更是讓所有業務員跟工廠維修部門忙得焦頭爛額。

「就這樣吧！What can I do？」面對眼前的亂象，榮茂只能這樣想。他已打定主意離開，下班後有空就針對計畫中的事業收集資料反覆評估，或是跟幾位事業經營有成的同學朋友討論，請他們提供自己經營實務上的建議。

榮茂一邊應付著繁瑣的事務工作，一方面加快腳步，籌畫自己的事業。

＊　＊　＊

正當榮茂忙著應付工作跟計畫創業的時候，他年逾八旬的父親，開始出現失智跟機能退化的現象，漸漸地連走路都有困難。

榮茂跟家人在家裡附近挑選了一家乾淨安全的安養中心，將父親送去以便有人隨時照料。母親跟住在附近的弟弟妹妹天天都去探望，榮茂也幾乎每個禮拜都南下去看望父親。

這個年度榮茂頂頭兩位主管同時更換，蔡松祖調走，換來一個比榮茂資淺的黃樑輝。他曾經靠著經營技師跟營造廠高層關係，受到歐總賞識拔擢，後來卻也因為關係複雜，觸法傷害公司信譽，險些被公司開除。幾乎丟失飯碗的他，比其他自我保護的員工更加小心避免涉險。

而原本與蔡松祖有過節的丁章秀經理外調南部。接替他的，是與曹總關係密切，看似笑咪咪的娃娃臉下，對人甚有防心，玩笑以外，很少說自己心裡話的姜康澤。

自從張經理從接班人選中出局以後，這位過去常與張經理和榮茂同遊，但卻深諳明則保身之道的姜經理，就刻意和所謂張經理人馬劃清界線，盡量不接觸。因為過去跟他長期相處過，這倒是早在榮茂預料之中。

一個怕事，一個不沾鍋。榮茂在工作中時時觀察，常常有啼笑皆非的無奈感。

據說戀棧權位的歐總，原先在爭取屆齡後能夠延任，不過新組的董事會不同意。但是因為感念他過去對公司的貢獻，董事會在他卸任後聘請他擔任顧問。

接任他總經理職位，卻毫無自己主見的新任吳康順總經理，也樂得時時可以進歐顧問辦公室請益，造成歐顧問垂簾聽政的現象。

而拉拔吳總不遺餘力的已退休邱副總，更是吳總管理決策不可或缺的諮詢對象，因而得以在公司繼續發揮影響力，榮茂每每在公司聚餐場合，都可以看到他。

年底，榮茂住在安養中心體能日衰的父親，因為免疫力下降遭病毒感染，在加護病房急救無效後撒手人寰，榮茂與家人哀傷不已。

40

難挽頹勢不如歸去

辦完父親喪事後，榮茂沉靜下來思考數日，決定該是離開的時候了。回首在藤田的歲月，榮茂自覺坦然無愧。從精力無窮的年輕歲月，到現在知天命之年，他一直都對這家公司忠心耿耿、戮力以赴。

雖然應了職場常聽的那句玩笑話「苦幹實幹，撤職查辦」但是中年的他，看過太多職場現實與宮廷歷史，並不覺得自己有太多委屈的地方。

「如果我真有甚麼本事，那也要創業成功後才能證明。」他實事求是的這麼想。

因為適逢房地產的快速成長，榮茂夫妻因為投資房地產，加上榮茂工作之餘努力研究經濟現況，鑽研股票投資，而在普通收入之外，多了一份額外的獲利。

雖然初期他們能夠投入的資金有限，但是比起一般上班族，幾乎多了好幾年的收入。現在因為這樣的財務狀況，才允許榮茂可以在未滿六十歲時提前退休，給自己一個自闢天地的機會。

他一直相信「一分耕耘，一分收獲」，只是收穫不一定出現在耕耘處。他在藤田賣力工作，雖然沒有得到應有的升遷與獎賞，但是老天爺卻在房地產和股票的投資上，補償了他應有的報酬。

如果再加計他多年以來勤奮讀書，並且在工作上不斷以實務印證的經營、管理、行銷，甚至財務、會計等等這些原來他完全不懂，現在卻可以讓他帶出去用來創業的智慧財產，他其實覺得自己收入甚豐，也覺得自己的耕耘得到了應得的報酬。

很多年前，榮茂在雜誌上讀過一篇專訪，訪問的是當時業績獨霸全台，統領數萬員工的一家保險公司總經理。

當時這位受人敬重、地位不可一世的總經理，因為親自替採訪的記者倒茶，弄得記者驚慌失措，而這位通達事理的總經理見了，卻笑著說：

「卸下這個職務，我也只是一個普通人……」榮茂記得他還開玩笑說，在公司他是一呼百諾的總經理，回到家老婆叫他掃地，他也會乖乖的去掃地。

一個人能把名利看得如此淡薄、如此豁達。當時榮茂看了十分敬佩，印象深刻。

而那位總經理已經退休快二十年了，因為熱心公務，不計己利，雖然他當初帶領的公司已經衰頹，不復往日盛景，但是至今他仍長期擔任同業公會理事長，受到各個同業老闆的敬重。

他個人的價值，並不因他擔任的職務而起落。

「工作的目的是為了生活，生活的目的不是只為了工作」，他想起了很多年前，在他鎮日為了工作忙得焦頭爛額時，曉琪寫給他的這句話。

「人生不需要為了一份工作，把自己所有的東西都拿來出賣吧！」

他想著想著，心裡更覺得坦然不再迷惘了。

＊　＊　＊

他遞出辭呈後，在公司引起了不小的震撼。畢竟他才五十歲，而藤田的薪資向來優渥。

而身為黑五類的他，辭呈卻一路暢通，從他的主管黃樑輝、姜康澤，一路到吳總經理，再到主管人事的總務吳輝祿協理，不到一天就全部蓋完章，無人慰留。彷彿大家都深體上意，急急要送他這個燙手山芋離開似的。

辭呈遞出後，接下來榮茂一直在關注的情勢，就開始變得清晰明朗了。

身為非主流人物，多數人自然是冷淡以對，甚至額手稱慶。但是有許多榮茂自認交情深厚的同事，非但不聞不問，甚至在他退休前，刻意迴避他，這一部分大多在榮茂意料之中。

然而許多榮茂原以為交情淺薄的同事，卻反而殷殷垂詢，希望他能考慮留下，甚至還有人特地從南部北上，請他吃飯，關心慰留，讓從事業務工作多年的榮茂，頗為自己看走了眼感而到意外。

而對客戶的誤判，更是超乎榮茂預料之外。許多交往多年，私交甚篤的客戶，在聽聞他退休消息後除了不聞不問之外，甚至連公務也不再與他聯絡，直接打電話給接任他的同事，從此不再接觸，讓榮茂對人情冷暖若此，很是感傷。

同樣令他意外的，是許多交易不多，往來稀疏的客戶，卻是熱心積極地一再來電，要求榮茂在緊湊的送別日程中，排出一天讓他請客，讓榮茂深感受寵若驚。

善用榮茂並拖累他的張黎明經理，私底下請他吃了一頓價格不斐的西餐。不過榮茂注意到，一直很在意自己利益的他，結帳時要店員在發票上打上統一編號，用公帳請他吃這一頓飯。

到了這臨別的一刻，他仍然捨不得花自己的錢送榮茂一程。

懷著創業計畫，看盡人情冷暖。榮茂在經歷了一個月或真心、或假意的告別餐會後。揮別了他二十多年為人打工的職場生涯，離開了藤田公司。

從退伍後的青澀年紀，到現在年過半百，榮茂這一生二十多年的精華歲月，都投注在藤田公司的業務工作中，這裡記載著他的貧困、勤奮、歡笑、幸福與挫折。雖說天下無不散的筵席，但是等到真正要離開的時候，他的心中也難免感傷。

在他離開前的這天早上，廖仕浩、廖平興和幾位交情深厚的同事打電話來向他告別並祝福他。

另外還有幾位年輕同事專程來到他辦公室辭別。之後他獨自步出藤田總公司大樓，高層主管無人聞問，彷彿他這個員工不曾存在過一般。

榮茂獨自漫步在人行道上走向停車場，一陣輕風拂過，吹得人行道上的落葉紛紛在他腳邊滑過。

他抬頭看了看路旁的行道樹，想起了二十多年前，他滿懷欣喜的走過這裡，那時還年輕的他，精神昂揚地走進藤田總公司報到，還吹著口哨……

國家圖書館出版品預行編目資料

職場叢林不定雨 / 曾繁盛
作 . -- 初版 . -- 臺北市 : 博客思, 2018.01
面 ; 公分
ISBN 9978-986-95257-7-0(平裝)

857.7 106022288

現代文學 43

職場叢林不定雨

作　　者：曾繁盛
編　　輯：楊容容
美　　編：塗宇樵
封面設計：塗宇樵
出 版 者：博客思出版事業網
發　　行：博客思出版事業網
地　　址：台北市中正區重慶南路 1 段 121 號 8 樓之 14
電　　話：(02)2331-1675 或 (02)2331-1691
傳　　真：(02)2382-6225
E—MAIL：books5w@yahoo.com.tw 或 books5w@gmail.com
網路書店：http://bookstv.com.tw/ http://store.pchome.com.tw/yesbooks/
三民書局、博客來網路書店 http://www.books.com.tw
總 經 銷：聯合發行股份有限公司
電　　話：(02) 2917-8022 傳 真：(02) 2915-7212
劃撥戶名：蘭臺出版社 帳號：18995335
香港代理：香港聯合零售有限公司
地　　址：香港新界大蒲汀麗路 36 號中華商務印刷大樓
C&C Building, 36,Ting, Lai, Road, Tai,Po, New,Territories
電　　話：(852)2150-2100 傳真：(852)2356-0735
總 經 銷：廈門外圖集團有限公司
地　　址：廈門市湖里區悅華路 8 號 4 樓
電　　話：86-592-2230177 傳 真：86-592-5365089
出版日期：2018 年 01 月 初版
定　　價：新臺幣 250 元整（平裝）
ISBN：978-986-95257-7-0